# 다크프린스

흑태자 판타지 장편소설

FANTASYSTORY & ADVENTURE

# Dark Prince

5

dream
books
드림북스

# 다크 프린스 5

초판 1쇄 인쇄 / 2014년 2월 25일
초판 1쇄 발행 / 2014년 3월 4일

지은이 / 흑태자

발행인 / 오영배
책임편집 / 편집부
펴낸 곳 / (주)삼양출판사 · 드림북스

주소 / 서울특별시 강북구 솔샘로67길 92
대표 전화 / 02-980-2112  팩스 / 02-983-0660
편집부 전화 / 02-980-2116  팩스 / 02-983-8201
블로그 / blog.naver.com/dreambookss

등록번호 / 제9-00046호
등록일자 / 1999년 3월 11일

ⓒ 흑태자, 2014

값 8,000원

ISBN 978-89-542-5488-5 (04810) / 978-89-542-5483-0 (세트)

* 지은이와 협의하에 인지는 생략합니다.
* 잘못된 책은 구입한 곳에서 바꾸어 드립니다.

이 도서의 국립중앙도서관 출판시도서목록(CIP)은 서지정보유통지원시스홈페이지(http://
seoji.nl.go.kr)와 국가자료공동목록시스템(http://www.nl.go.kr/kolisnet)에서 이용하실 수
있습니다. (CIP제어번호: 2014005937)

흑태자 판타지 장편소설

FANTASYSTORY & ADVENTURE

다크프린스

# Dark Prince

5

dream
books
드림북스

다크프런스

# Dark
# Prince

# 목차

# 1장.

## 제국 건설

# 1

고향 루나티카를 떠올리게 하는 광경이다.

시슬란은 그렇게 생각했다.

달빛 아래 출렁이는 갈대의 물결이 그렇게 장관일 수가 없었다. 어릴 적 뛰놀던 비슈누 궁 언덕 아래의 갈대숲도 언제나 이렇듯 달빛 아래 물결치곤 했었다. 그 속을 정신없이 뛰놀다 숨 할딱이며 돌아오면 언제나 맞아 주는 건 락토르와 아리안이었다.

언제까지고 간직하고픈 아련한 추억이다.

"그립군."

문득 내뱉은 그의 혼잣말에 아리안이 미소 지었다.

"저도 그렇습니다."

굳이 말하지 않아도 서로가 안다. 같은 순간의 추억을 떠올리고 있다는 것을. 그리고 이 자리에 함께할 수 없게 된 나머지 한 사람, 락토르를 그리고 있다는 것을. 그것은 오직 같은 시간을 공유한 자들만 느낄 수 있는 특별한 공감이었다.

시슬란과 아리안은 각자 상념의 숲을 거닐었다.

그리고 곧 평원 건너편에서 쿵쿵, 지축을 뒤흔드는 진동이 이쪽을 향해 다가왔다.

지진?

아니었다.

그렇다면 낙뢰?

그것도 아니었다.

곧 정체가 드러났다.

"많이도 모였군."

시슬란이 피식 웃었다.

그의 웃음에 반발하듯 평원 반대편에서 개미 떼처럼 시커멓게 모인 군대가 우레와 같은 함성을 쏟아 냈다.

"와아아아아—!"

아벤츄린, 마이카, 시트린 3개 대국의 원정군이 뭉친 연합군이었다. 시슬란의 파괴적인 행보에 위협을 느낀 이들은 가장 먼저 연합하여 다른 연합군과 합류하기 위해 이곳 앙트로이 평원에서 대기하던 중이었다.

시슬란은 그걸 알고 일부러 이들에게 서신을 보냈다.

이틀 후, 자정에 찾아가겠노라고.

그것은 선전포고였으며, 도발이기도 하였다.

수만 명이 모인 군대를 향해 자신 한 사람이 언제 어디로 가겠다는 사실을 너무나 태연하게 밝힌 것이다. 즉, 군대가 모였다 해도 기습 따윈 필요치도 않다는, 정면에서 힘으로 짓눌러 터뜨려 버리겠다는, 그들로선 다소 굴욕적인 선고였다.

당연히 3개국 연합군의 사령관들은 분노에 몸을 떨었다. 하여 만반의 준비를 하고 지금, 이곳에서 시슬란을 기다리고 있었던 것이다.

쿵! 쿵! 쿵!

발맞추어 걸어오는 진동만으로 지축을 울리게 하던 군대가 전진을 멈추었다. 갑작스러운 침묵이 평원을 사로잡았다. 소리 없는 바람에 갈대가 몸을 떨었고, 달은 구름 뒤로 숨었다.

이윽고 연합군의 최전방에 기사 하나가 모습을 드러냈다.

"시트린 왕국의 기사 캘리버가 그대에게 정당한 대결을 요청한다!"

한다……! 한다……!

캘리버의 목소리가 조용하던 평원을 쩌렁쩌렁 울렸다.

그 위압적인 목소리에 연합군 병사들의 얼굴에 자부심과 기대감이 떠올랐다. 그 모습이 마치, 자신이 가진 가장 든든한 패를 꺼낸 도박사의 표정 같았다.

저 기사가 대체 누구이기에 저런 표정을?

시슬란이 고개를 갸웃거렸다.

"캘리버라…… 유명한 자인가?"

"죄송합니다. 저도 잘……."

상대가 누군지 알 길이 없는 두 사람은 멀뚱멀뚱한 눈길로 캘리버를 쳐다보았다. 평원을 사이에 두고 엄청난 거리에 떨어져 있었지만 기사 캘리버는 두 사람의 눈길을 똑똑히 느꼈다.

"으음……!"

굴욕을 느낀 그의 얼굴이 시뻘게졌다.

사실 그의 처지에서는 충분히 굴욕을 느낄 법했다.

솔라리스에서 기사 캘리버를 모르는 이는 드물었다. 아니, 없다고 해도 과언이 아닐 것이다. 바로 그가 솔라리스에 존재하는 3인의 최강자, 그중의 한 사람인 검황의 종자 출신이기 때문이다.

종자는 곧 제자이기도 하다. 기사를 수행하고, 말과 무구를 챙기며, 기사로서의 소양과 검술을 전수받는다. 즉, 캘리버는 검황의 제자인 셈이다.

그만큼 그는 강력했다.

불과 서른 살의 나이에 소드마스터의 경지를 초월했고, 이후로 스승인 검황을 제외한 어떤 기사에게도 패배한 적이 없었다. 말 그대로 검술에 관해서는 솔라리스 전체를 통틀어도 손꼽히는 실력자일 것이다.

그렇듯 수많은 무용담을 지니고 동경의 대상으로 추앙받던 그가 이렇게 대놓고 무시를 당하니 굴욕감을 느낄 수밖에 없었다.

"그럼 결투를 수락한 것으로 알겠소. 이랴!"

캘리버가 말 옆구리를 찼다.

심지어 그가 탄 말도 솔라리스에서 모르는 이가 없는, 전설의 유니콘의 피를 이어받았다는 용마 하르말리온이었다.

투두두두두……!

말굽으로 한 번 땅을 찍을 때마다 주인 캘리버를 태운 하르말리온의 몸이 몇 미터씩 쑥쑥 뻗어 나갔다.

"와아아아아!"

연합군 병사들이 환호했다.

은빛 갑옷으로 전신을 무장한 캘리버와 백색의 갈기를 휘날리는 검은 말 하르말리온이 밤이 내린 갈대밭을 가르고 달리는 광경은 마치 어둠 속에서 유성이 흐르는 듯하였기 때문이다.

병사들의 감탄과 환호는 이윽고 캘리버가 내민 랜스 끝에서 빛나기 시작한 오러의 물결에 의해 절정으로 치달았다.

촤아아아아아!

오러의 강렬한 기운에 의해 캘리버의 앞쪽에서 일렁이던 갈대숲이 폭발하듯 양쪽으로 밀려 나갔다.

캘리버와 하르말리온의 모습이 유성, 아니 혜성이 되어 돌격하는 그 모습에 병사 중의 일부가 감격의 눈물마저 흘렸다. 이제 저 건방진 시슬란이라는 놈이 박살 날 것이라고, 영웅 기사 캘리버 앞에 무릎 꿇고 속죄의 피를 흘릴 것이라고 믿어 의심치 않았다.

드디어 모두의 염원과 기대, 감격을 실은 혼신의 일격이 시슬란을 덮쳤다.

"타핫!"

섬광처럼 찬란한 오러의 물결이 시슬란을 꿰뚫었다.

그리고.

터엉!

용마 하르말리온이 길고 우아한 네 다리를 허우적거리며 밤하늘에 대고 만세를 불렀다.

"……어?"

캘리버가 눈을 휘둥그레 떴다.

오러를 씌운 랜스로 상대를 꿰뚫었다고 생각한 순간 세상이 뒤집힌 것이다.

'뭐……지?'

순간 자기만 빼고 세상 전체가 느려진 듯한 기묘한 감각.

캘리버는 멍해진 눈길로 주변을 살폈다.

그러다가 마주쳤다.

아래쪽에서 자신을 올려다보고 있는 시슬란의 눈빛과.

그는, 웃고 있었다.

'감히 날 보며 웃어?'

발끈한 캘리버가 본능에 따라 시슬란을 향해 랜스를 내밀었다.

그런데 그때에야 그는 한 가지 사실을 깨달았다.

'랜스가……?'

똑 부러져 있었다.

게다가 이상한 것은 그뿐만이 아니었다.

아까부터 주변 허공에서 예쁘게 반짝거린다고 생각했던 조각들은 다시 봤더니 그가 입고 있던 은빛 갑옷의 파편이었다.

그리고 옆에서 네 다리를 허우적거리는 우스꽝스러운 동물의 정체는 용마 하르말리온이었다.

'뭐, 뭐야? 대체 어떻게 된 거야? 그…… 헉!'

이제야 그는 깨달았다.

지금 자신의 몰골이 옆에서 웃기게 허우적대는 하르말리온과 별다를 바 없다는 사실을!

'나, 낙법……'

야속하게도 시간은 그를 기다려 주지 않았다.

콰아아앙!

캘리버는 머리부터 거꾸로 땅바닥에 처박혔다.

용마 하르말리온도 마찬가지였다.

"끄르륵……"

용맹한 주인과 고결한 용마는 사이좋게 똑같이 거품을 문 채 기절하고 말았다.

"……"

평원에 절대적인 침묵이 깔렸다.

연합군 병사들은 환호하던 모습 그대로 입을 벌리고 굳어 버렸다. 어떤 병사는 들고 있던 깃발을 툭 떨어뜨리기도 했다.

우상과도 같은 전설적인 기사가 꼴사나운 모습으로 진창에 처박혀 버린 현실이 도저히 믿어지지 않았다.

"말도 안 돼……"

그러나 이건 엄연한 현실이었다.

그리고 시슬란이 자신들을 향해 걸어오기 시작했다는 사실도 엄연한 현실이었다.

샤아아아아……!

시슬란이 다가옴에 따라 병사들의 그림자가 너울거리며 춤췄다. 굳어 있던 병사들의 몸도 그림자의 춤에 똑같이 반응하기 시작했다.

"어…… 어어어어?"

뒤늦게 이상함을 깨달았지만 이미 때는 늦은 후였다.

샤아아아아……!

시슬란으로부터 시작된 장악력이 평원 전체를 뒤덮어 버렸다. 범위 내 모든 병사들의 그림자가 그의 지배하에 놓였다.

상대의 그림자를 조종함으로써 상대의 움직임을 마음대로 조종하는 기법이 광범위하게 펼쳐졌다.

어느새 평원 중심에 선 시슬란이 두 팔을 나래치듯 활짝 펼쳤다. 수만 가닥의 그림자 실이 그에게 다가와 두 팔과 손가락에 걸렸다.

그의 팔이 움직였다.

이어서 손가락이 움직였다.

그의 팔과 손끝에 연결된 수만 가닥의 그림자 실이 움직였다. 우아하게, 마치 오케스트라를 지휘하는 명지휘자처럼.

그러자 평원 전체에서 소리 없는, 움직임으로 표현되는 수만 명 규모의 교향곡이 펼쳐졌다.

그림자가 춤을 추고, 장군과 병사들이 춤을 추었다.

정말로 진짜 춤을 추었다.

"뭐, 뭐야, 이게!"

"멈추질…… 헉헉! ……않아!"

시슬란의 지휘에 따라 장군, 병사 할 것 없이 정신없이 몸을 흔들며 격렬한 춤을 추었다. 당황하여 온몸에 힘을 주어도 멈출 수 없었다. 아니, 시간이 갈수록 춤은 점점 더 격해졌다. 팔다리, 허리, 어깨, 머리 할 것 없이 신명 나게 흔들고 흔드는 춤이었다.

"헉! 허억!"

"으으, 힘들어……!"

춤이 너무나 격렬하여 서늘한 한밤중인데도 병사들의 온몸에서 땀이 흐르고 수증기가 피어올랐다. 나중에는 얼굴이 노래지다 못해 창백해졌다.

"으으…… 제발 그만……! 헉! 허억!"

아무리 애원해도 춤은 멈추지 않는다.

급기야 체력이 약한 병사들이 하나씩 혼절하기 시작했다.

털썩! 털썩!

사방에서 썩은 짚단 쓰러지듯 탈진한 병사들이 차례대로

쓰러졌다. 나머지 체력이 강건한 자들도 시간이 지남에 따라 똑같은 꼴이 되었다.

결국, 얼굴 가득 흉터를 지닌 어느 거구의 기사가 쓰러지는 것을 마지막으로 평원에 집결한 연합군 모두가 탈진하여 혼절했다.

그제야 시슬란의 조종이 끝났다.

"후우."

시슬란은 약간의 아찔한 감각을 느끼며 눈을 떴다.

그러나 눈앞이 보이지 않았다.

'잠깐 시력이 상실된 건가? 확실히 무리하긴 했군.'

무한의 그림자.

새로 얻은 이 경지의 위력은 이처럼 엄청났다.

하지만 그만큼의 부작용도 있었다.

조금이라도 과도하게 사용하게 되면 순간적으로 극심한 정신력을 소모하며 각종 신체적인 마비 현상을 보이곤 했다.

대표적인 것이 지금처럼 시력 상실이었다.

긴 시간은 아니지만 잠깐 시력이 사라지며 캄캄한 어둠 속에 갇히게 된다. 이러다 더 심해지면 손발이 굳거나 전신이 마비될지도 모르겠다고 시슬란은 생각했다.

시슬란은 그 자리에 정좌하여 소모된 정신력을 가다듬었다.

그런 그의 곁으로 아리안이 다가왔다.

"닦아 드리겠습니다."

수건을 챙겨 온 그가 시슬란의 이마와 목덜미에 흥건하게 흐른 땀을 세심하게 닦았다.

아리안의 입가에 미소가 떠올랐다.

"정말로 그때 같군요."

"그런가?"

"예. 그때도 갈대밭에서 놀다 오시면 이렇게 땀을 흠뻑 흘리셨었지요."

"그대는 이렇게 수건을 가지고 날 기다렸고. 그렇지?"

"네."

잠시 휴식을 취한 시슬란은 자리에서 일어났다.

다행히 시력이 완전히 돌아왔다.

그는 아직도 인사불성인 연합군 병사들 사이를 살폈다. 그리고 사방에 널브러진 사람들 중에 자신이 원하던 목표물을 찾았다.

"저기 있었군."

그는 장터에서 물건 고르듯 세 사람을 골라냈다.

세 사람의 복장은 병사나 장군과는 비교되지 않게 화려했다. 그리고 셋 모두가 이마에 약식으로 만든 황금빛 왕관을 쓰고 있었다.

바로 아벤츄린, 마이카, 시트린의 국왕들이었다.

"그럼 가보도록 할까."

"예, 폐하."

아리안이 세 국왕을 짊어졌다. 그리고 평원을 떠나는 시슬란의 뒤를 따랐다. 시슬란은 아벤츄린의 수도를 향해 걸음을 옮기고 있었다.

한 번의 싸움에서 세 명의 국왕을 포획한 시슬란은 세 국가의 수도를 친히 방문(?)했다. 그리고 그가 찾아간 순서대로 아벤츄린, 마이카, 시트린이 항복을 선언했다.

그의 걸음은 멈추지 않았다.

엿새 뒤 북부의 강자 토르 왕국이, 다시 닷새 뒤엔 동부의 아스트라칸과 동부 소국 연합이, 나흘 뒤엔 남부의 필리아노가, 그리고 마지막으로 여드레 뒤, 중부의 절대 강자 미드가렌의 수도 성벽이 흔적도 없이 허물어지고 최후의 연합군이 모두 탈진하여 쓰러졌다. 그리고 미드가렌의 왕성 꼭대기에 루나의 깃발이 꽂혔다.

역사상 유례가 없는, 솔라리스 최초의 통일 황제가 탄생하는 순간이었다.

포고령은 다음 날 솔라리스 전역에 뿌려졌다.

## 2

"엥? 그게 무슨 소리여?"

다음 날 아침, 솔라리스의 모든 사람들은 다들 비슷한 체험을 했다. 무슨 귀신 씻나락 까먹는 소리도 아니고, 자고 일어났더니 왕이 바뀌었다는 말을 들은 것이다.

처음엔 다들 머리가 회까닥 돌아서 헛소리나 지껄이는 줄 알았다. 그런데 아니었다. 확인해 보니 진짜란다.

"큰일 났구먼, 허허……."

머리가 희끗한 노인들은 모두 이 사태를 걱정했다.

당연했다.

하루아침에 지배자가 바뀌면 당분간 피바람이 분다. 그건 노인들이 지금껏 살아오며 보고 체득한 당연한 사실이었다.

그런데 며칠이 지나 보니 아니었다.

새로운 지배자인 시슬란은 어떤 혈겁도 일으키지 않았고, 사람들의 생활은 왕이 바뀌기 이전과 달라진 게 없었다.

아니, 사실 아주 쪼끔 달라지긴 했다.

전에 왕이었던 사람이 중앙 관리가 되어 그 자리를 유지했다. 대신 이전처럼 위엄을 세우지는 못했다. 그들 위에 시슬란이라는 절대적인 황제가 군림하게 되었기 때문이다.

시슬란은 이전의 왕들을 숙청할 생각이 없었다.

그럴 필요가 없었다.

숙청이라는 것은 그들의 반역이 걱정될 때나 하는 행위였다.

시슬란은 애초부터 압도적인 능력과 힘으로 그들 모두를 복속시켰다. 그 과정에서 시슬란에 대한 두려움이 왕족들의 뼈에 깊숙이 새겨졌다. 그런 그들이 반역을 일으킬 확률은 거의 없었다. 아니, 설령 진짜 반란을 일으킨다 해도 손톱의 때만큼도 걱정되지 않았다. 다시 찍어 누르면 그만이니까.

덕분에 사상 최초의 통일 제국이 세워졌건만, 그에 비해 격변은 거의 없었다. 기존의 행정구역을 조금 정비하고, 기존 봉토를 통합하거나 재편하여 관리를 파견하고, 시슬란에 의해 파괴된 성벽이나 시설을 보수하고, 예전의 왕국령들을 통합적으로 관리하기 위한 기관이 설치되는 등 약간의 과정이 있었을 뿐이다.

게다가 그 과정도 신속했다.

허브 항구를 통해 시슬란이 미리 준비해 둔 엄청난 자금 덕분에 일에 막힘이 전혀 없는 까닭이었다.

그렇게 일이 술술 돌아가게 되자 자유로워진 시슬란은 홀로 옛 왕국들의 병기고를 순찰했다. 그리고 그곳에 숨겨져 있던 부활의 사도의 강화병을 색출했다.

부활의 사도가 곳곳에 숨겨 놓은 강화병의 숫자는 생각보다 많지 않았다.

'어딘가로 미리 빼돌린 것이로군.'

어쨌건 시슬란에게 발각된 놈들이 살아날 길은 없었다. 놈들은 모조리 소멸의 운명을 맞이했다. 나머지 찾아내지 못한 놈들은 다음 순서를 기다려야 할 것이었다.

그러는 사이에 계절은 바뀌어 겨울이 왔다.

난데없는 정복 전쟁 때문에 찾아왔던 혼란이 가라앉기에 적당한 시간이 흘렀다. 아니, 혼란만 가라앉은 게 아니라 솔라리스의 모든 지방은 실제로 예전보다 살기가 훨씬 좋아졌다.

무슨 혁신적인 비결이 필요한 것도 아니었다.

시슬란은 각 지방의 비리를 척결할 감찰관을 파견하고 그들을 직접 관리했을 뿐이었다.

단지 그것뿐이었다.

그렇게 이전까지 모든 왕국에 성행하던 농민 수탈과 왕족, 귀족의 고리대금, 부정 축재를 막는 것만으로도 농민의 겨울 비축 식량이 예전보다 두 배나 늘어날 수 있었다.

두 배.

엄청난 수치였다.

이 차이 때문에 굶어 죽을 사람이 굶지 않고 적당히 배고프지 않은 겨울을 보낼 수 있게 되었으니까.

그렇게 기본적인 생존이 보장되자 농민들은 남은 식량으로 술을 빚고 식량을 자유로이 사고팔게 되었다. 가장 밑바닥의, 가장 기본적인 곳에서부터 경제활동이 스스로 일어나기 시작한 것이다.

하나하나는 미미하지만 그것이 솔라리스 전역에서 일어나게 되자 효과는 그야말로 엄청났다. 그렇지 않아도 허브 항구 덕분에 물자의 운송량과 속도가 폭발적으로 늘어난 상태였다. 그러던 차에 농민들의 경제 행위가 보태어지자 그야말로 솔라리스 전역에 황금기라 부를 수 있는 호황이 찾아왔다.

사람들은 더는 굶주림을 무서워하지 않게 되었다. 이제 겨울은 공포의 계절이 아니라 그저 추위가 찾아오는 계절일 뿐이었다.

사람들은 모든 상황을 그렇게 만들어 준 새로운 황제 시슬란을 자연히 칭송하게 되었다. 풍요함을 가지고 온 젊은 황제, 진정한 대륙의 지배자, 하늘이 내려 준 성군……. 모두가 시슬란을 지칭하는 말이었다.

그리고 겨울이 가장 깊어진 어느 날, 모든 경외와 칭송을 받으며 젊은 황제 시슬란은 대관식을 치렀다.

명실공히 솔라리스를 절대적으로 지배하게 된 제국 루나의 초대 황제 시슬란의 대관식이었다.

그러나 대관식은 모두의 예상과 달리 너무나 간략할 지경이었다.

카탈리나도, 그 외의 모든 신료도 대관식을 간단하게만 처리하려는 시슬란의 결정을 만류했다. 역사상 유례가 없는 대업을 이룬 것에 어울리는 위엄이 필요하다는 것이 그들의 의견이었다. 또한, 카탈리나는 시슬란의 업적을 진심으로 축하해 주고 싶기도 했다.

하지만 시슬란은 고개를 저었다.

그의 뜻은 간단명료했다.

"행사가 화려하고 사치스러워질수록 백성은 그만큼 배고 프고 춥게 된다."

칼로 자르는 듯한 그의 말은 옳기까지 하였다. 그러다 보니 어떤 자도 감히 토를 달지 못했다.

이어서 시슬란이 말했다.

"각 지방의 생활에 더욱 신경을 쓰도록. 그리고 또 하나, 짐은 최초의 황명으로 한 가지 일을 추진하려 한다. 제국 내의 모든 지형이 표기된 지도를 만드는 일이다."

"지도를…… 말입니까?"

"그렇다."

신료들이 의아한 표정을 지었다.

"지도라면, 이전의 왕국 시대에도 각 왕실이 자국 영토의

지도를 보유하고 있었습니다. 그것을 모두 모으기만 해도 대략적인 지도는 만들 수 있을 터인데 어찌…….”

“하지만 하나의 도량형으로 통일되어 있지는 않지. 게다가 서로 지형의 표기가 어긋난 곳도 상당히 많고.”

처음 로젠 백작가에 있었던 시절, 한때 도서관을 들락거리며 솔라리스의 정보를 수집했던 시슬란이었다. 그때 그가 느꼈던 것 중의 하나가 이 부분이었다.

솔라리스엔 통일된 대륙 전도가 없었다. 국가별로 자국영토의 지도를 지니긴 했지만 통일된 도량형이 없다 보니 죄다 기준이 달랐고, 지형 표기도 상당히 부정확했다.

하여 시슬란은 통일된 루나 제국이 앞으로 제대로 굴러가려면 무엇보다 솔라리스 대륙 전체를 통일된 기준으로 보여주는 전도가 필요하다고 여겼다.

물론 여기에는 또 다른 숨은 뜻도 있었다.

그날 저녁, 시슬란은 카탈리나와 야니카 두 여인을 식사에 초대했다.


3


달그락달그락.

여전히 샐러드 접시 근처만을 오가는 시슬란의 포크를 보며 카탈리나가 아련한 눈빛을 띠었다.

"여전하시네요."

"뭐가?"

"특이하신 식성 말이죠. 그땐 그걸 몰라서 어찌나 당황했던지."

시슬란은 포크를 멈추고 가만히 카탈리나를 마주 보았다.

"내가 그랬었나?"

"네."

"대답을 지나치게 망설이지 않는 것 같은데."

"정말로 그랬으니까요."

옆에서 가만히 식사에 열중하던 야니카도 한마디 거들었다.

"덕분에 전 팔꿈치가 박살 나기도 했고요."

"……."

예상치 못한 두 여인의 집중포화에 시슬란의 포크가 바빠졌다. 그 모습에 카탈리나와 야니카가 빙그레 웃음 지었다. 오랜 시간 벼르고 별렀던 복수(?)에 성공한 것이다.

졸지에 수세에 몰린 시슬란은 얼른 화제를 돌렸다.

"흠, 그럼 일단 둘을 부른 용건부터 말하지. 오늘 발표한 솔라리스 전도를 만들겠다던 계획, 그 실무를 두 사람이 맡아 주었으면 해."

"저희가요?"

카탈리나가 눈을 동그랗게 떴다.

"저흰 지도 제작에 관해선 아무것도 모르는데……."

"그건 상관없어. 전문가의 영역이니까. 전문가라면 충분히 붙여 줄 테니 걱정 안 해도 돼. 내가 두 사람에게 기대하는 부분은 그게 아니야."

"또 다른 목적이 있는 건가요?"

"마나홀."

살짝 데친 당근을 마요네즈에 찍으며 시슬란이 말했다.

"이제 솔라리스는 내 영토가 되었어. 당연히 솔라리스에 있는 마나홀도 내 영토 안에 있겠지. 어디에 있는지 알기만 한다면 더욱 좋을 테고 말이야."

"표면적으로는 지도 제작을 추진하면서 실제로는 마나홀을 찾으란 건가요?"

"그래. 어차피 정보 조직과 탐사대를 총동원할 테니까 그리 어렵지는 않을 거야."

예전에야 왕국들이 난립하다 보니 솔라리스 전체를 아우르는 정보 조직의 출현은 꿈나라 이야기나 다름없었고, 대륙 전체를 샅샅이 수색하는 일도 마찬가지였다.

시슬란은 부활의 사도가 오랜 세월 드러나지 않고 은밀함을 유지할 수 있었던 가장 큰 비결을 왕국들의 난립으로 보았다. 대륙 전체를 아우르는 강력한 지배 국가가 한 번도 없었기에 그 힘겨루기의 틈새에서 은밀함을 유지할 수 있었을 것이다.

하지만 이제 사정이 달라졌다.

시슬란은 직접 솔라리스를 지배하는 사상 최초의 제국을 세웠고, 그를 통해 이제는 유사 이래 최대 규모의 대대적인 수색 작전을 실행할 생각이었다.

"그래서 그대 둘이 필요한 거야. 일단 마나홀과 부활의 사도의 거점을 찾아내고, 그들의 몸통이 드러나는 순간 그들을 제국의 공적으로 선포하여 뿌리를 뽑아 버릴 생각이니까. 그전엔 믿을 수 없는 자들에게 마나홀이나 부활의 사도의 존재를 알리기가 곤란해."

그의 계획은 간단했다.

대륙 전도 제작을 빙자(?)하여 마나홀과 부활의 사도의 거점을 찾는다. 그들에 대한 파악이 끝나는 순간 제국의 역량을 집결하여 일망타진하고 마나홀을 확보한다. 그러면 시슬란은 마나 크리스털을 모두 모을 수 있게 되고 루나티카로 돌아갈 길을 열게 되는 것이다.

거기까지 듣던 카탈리나는 문득 한 가지 의문을 느꼈다.

"당신이 그 루나티카란 곳으로 돌아가면…… 그럼 제국은요?"

"그대가 가져야지. 그런데 아마 십중팔구 여러 왕국으로 쪼개질 거야, 내가 없으면."

"그럼 전 깨진 그릇만 받게 되는 셈이네요?"

"많이 깨지진 않게 힘써 보도록 하지."

"괜찮아요, 그러시지 않아도."

카탈리나가 배시시 웃었다. 황제의 자리니, 왕위니 그런 것은 받지 않아도 좋았다. 지금이 좋았다. 이렇게 웃으며 시슬란과 얼굴을 마주하고 함께 식사하는 지금으로도 그녀는 충분히 행복했다.

그리고 한편으로는 가슴 한쪽이 아릿하게 아팠다.

'결국, 떠나시려는 걸까?'

시슬란이 돌아가야 할 사람이란 건 안다. 자신이 잡아선 안 된다는 것도 안다. 하지만 머리로 아는 것과 가슴이 외치는 것은 다른 이야기였다. 그녀의 가슴은 시슬란을 잡으라고, 지금 느끼고 있는 행복한 나날을 영원히 유지하고 싶다고 외치고 있었다.

그래서 시슬란에게 고맙고, 야속했다.

'날 믿어 줘서 고마워요. 그런데 하필이면 당신이 루나티카로 돌아가는 걸 가장 슬퍼할 사람에게 당신이 돌아갈 정보를 찾으라는 건가요, 당신은?'

시슬란은 몰랐지만 그녀는 식사를 시작한 이후 지금까지 음식에 전혀 손을 대지 않았다.

하지만 카탈리나도 모르는 사실이 있었다.

그런 그녀와 시슬란을 보는 야니카의 눈길 또한 그녀 못지않게 복잡하다는 것을……

2장.

탐사대

# 1

"주인장, 여기 독한 걸로 한 잔."

카탈리나를 침실까지 안전하게 호위한 야니카는 자신의 숙소로 돌아가지 않았다. 왠지 마음이 심란해 숙소에 가도 도저히 잠을 이룰 수 없을 것 같았다. 그 때문인지 정처 없이 밤거리를 걸었다. 발길이 이끄는 대로, 아무런 생각도 없이.

그렇게 걷다 보니 어느새 골목의 허름한 주점에 앉아 있는 자신을 발견하게 되었다.

다른 기사들과 달리 술을 전혀 즐기지 않는 그녀였다. 술을 가까이하는 순간 검이 무뎌질지도 모른다는 생각 때문에.

그러나 오늘은 달랐다.

평소엔 거들떠보지도 않던 술을, 그녀의 몸이 아닌 정신이 간절히 원하고 있었다.

바(Bar) 너머에서 마른 헝겊으로 접시를 닦던 털보 사내가 심드렁한 눈길을 던졌다.

"독한 거라면 어떤 걸로 말이오?"

"이 가게에서 제일 독한 걸로."

"신의 눈물, 어떻소?"

"하, 술 주제에 이름 참 거창하네. 그거 좋군. 주시오."

"대신 취해서 난동 부리면 곤란합니다?"

"걱정은 집어치우고 어서."

못 미더운 눈길도 잠시, 주인장은 고개를 저으며 그녀의 앞에 잔을 하나 놓았다. 너무나 작은, 엄지손가락 정도 크기의 투명한 잔이었다.

쪼르륵.

잔이라고 부르기에도 민망한 잔에 주인이 따른 술은 에메랄드빛 액체였다. 보는 각도에 따라서 황금빛으로 보였다가 에메랄드빛으로 보이기도 하는, 엄청나게 아름다운 술이었다.

"이름만 거창한 줄 알았는데 아니었네."

야니카는 피식 웃으며 잔을 들어 대번에 들이켰다.

"어? 그건 한 모금에 마시면 안 되는데……!"

주인이 기겁했지만 이미 술은 그녀의 목구멍을 타고 넘어간 후였다.

하지만 주인을 진짜 기겁하게 한 것은 그 이후였다.

"술맛이 뭐가 이리 밍밍해?"

생각보다 훨씬 멀쩡한 얼굴로 투덜거리는 야니카였다. 그녀는 성에 안 차는 눈길로 작은 잔을 보다가 그걸 벽에 휙 던져 버렸다.

잔이 퍼석, 소리를 내며 부스러졌다.

"이따위 감질나는 잔 말고 좀 더 큰 걸로."

"아, 예……."

질린 주인이 내민 것은 맥주잔이었다.

그 커다란 잔에 예의 독한 술이 콸콸 넘치도록 담기고서야 야니카의 입가에 만족스러운 웃음이 떠올랐다. 그걸 한 번에 마셔 버리자 목구멍부터 배 속까지 불에 덴 듯 뜨거운 고통이 엄습했다.

"크으……! 그래, 이 정도는 돼야지."

얼음비 내리는 황량한 내 마음에 온기를 지피려면.

그래서 자꾸만 흐르려는 눈물을 불길로 태워 감추려면.

야니카는 독한 술을 연거푸 마셨다. 그러고도 성에 차지 않아 술병을 들고 벌컥벌컥 들이켰다.

한 모금에 시슬란을 잊고.

두 모금에 주군을 잊고.

세 모금에 두 사람을 질투하는 못난 자신을 잊는다.

"하하하……."

세상이 핑글핑글 돌았다.

때론 피식피식 웃다가, 때론 소리 없이 서럽게 울었다. 그러다 문득문득 기억의 고리가 끊어졌다. 잠깐 정신이 없었다가 눈길을 돌려 보니 장정 두어 명이 얼굴이 만신창이가 되어 뻗어 있었다. 눈길을 내려 보니 야니카 자신의 주먹도 까져 있었다.

"야, 내가아 예쁘냐? 아니면 술 먹은 여자라고 그냥 껄떡대 본 거냐아? 아, 예쁘다고? 고맙다. 근데 너희도 알아보는 걸 왜 그분은 모를까? 응? 빌어먹으을! 쳇."

참 이상한 일이라고, 그녀는 생각했다.

입으론 분명 웃고 있는데 눈물이 계속 나왔으니까.

이런 자신이 참 못났다는 생각이 들었다.

그래서 바에 엎드렸다. 어깨만 바르르 떨며 숨죽여 울음을 삼켰다.

그러던 도중, 문득 그녀의 어깨에 누군가가 올린 손바닥의 온기가 느껴졌다.

"크으윽!"

또 누구야!

발끈한 야니카가 반사적으로 몸을 벌떡 일으켜 주먹을 휘둘렀다. 그런데 아까 주당들에게 휘둘렀을 때와 달리 그녀의 주먹은 너무나 간단히 빗나가고 말았다.

취기가 너무 많이 올라 다리가 풀린 것이다.

"어어……."

콰당탕!

주먹을 휘두른 힘에 못 이겨 넘어졌다.

설마 그녀가 대뜸 주먹질할 줄은 몰랐던 젊은 사내가 휘파람을 불었다.

"워어, 생각보다 훨씬 화끈한 누나네?"

사내의 뒤에는 패거리로 보이는 네 사람이 더 있었다. 사내를 포함한 이들은 아까 야니카에게 두들겨 맞은 두 장정과 같은 패거리이기도 했다.

그들은 비릿한 웃음을 지으며 쓰러진 야니카를 일으켜 세웠다.

"누님, 여기서 자면 안 되지. 응?"

"우리랑 같이 가자고."

그걸 보던 주점 주인장의 표정이 굳었다. 이 젊은이들 패거리가 평소에도 행실이 좋지 않은 자들임을 잘 아는 까닭

이었다. 이런 놈들이 술에 취한 여인을 데리고 가는 목적은
안 봐도 뻔했다.

그때 예의 젊은 사내가 품속에 한 손을 집어넣고 주인장
을 빤히 노려봤다.

"왜, 어쩔 건데?"

"……."

저 품속에 칼이 있다는 걸 주인장도 잘 알았다. 게다가
지금 주점 안에는 이들 일행밖에 없었다. 자신을 도와줄 사
람이 아무도 없는 셈이었다.

결국, 겁먹은 주인장이 먼저 시선을 피했다.

망나니 패거리가 낄낄거리며 야니카를 업고 주점을 나섰
다.

하지만 이들은 주점이 있는 골목을 벗어나기도 전에 걸
음을 멈추어야 했다. 골목 귀퉁이에서 누군가가 천천히 걸
어 나왔기 때문이다.

"그 여인, 그대 같은 자들이 함부로 손댈 여자가 아니
다."

"뭐? 니미, 이건 또 뭐야?"

야니카를 업은 젊은이가 욕설을 내뱉으려는 순간이었다.

샤아아아…….

골목에 서린 달그림자가 모조리 뒤틀렸다.

오싹!

망나니 패거리는 저도 모르게 그 자리에서 오줌을 지리고 말았다.

"비, 빌어먹을!"

혼비백산한 그들은 야니카를 내려놓고 꽁지가 빠지도록 도망쳤다.

골목에는 이제 쓰러진 야니카만이 남았다.

아니, 한 사람 더.

저벅……

시슬란이 쏟아지는 달빛 아래로 걸어 나왔다.

그는 복잡한 눈길로 야니카를 안아 들었다.

"가슴이…… 아픈 건가?"

돌아서는 그의 어깨 위에는 골목에서 몇 시간째 내린 하얀 눈이 두껍게 쌓여 있었다.


## 2

"으음……."

야니카는 깨질 듯한 두통과 함께 눈을 떴다.

"여긴 어디야……."

부스스한 얼굴을 베개에 비비던 그녀가 흠칫 동작을 멈추었다. 낯선 냄새. 자신의 베개가 아니다. 이불 감촉도 다르다. 공기의 느낌까지도.

벌떡!

야니카는 표범처럼 몸을 일으키며 이불을 휘둘러 전신을 방어했다. 그러면서 재빨리 주변 환경을 살폈다. 그 결과, 그녀는 멍한 표정이 되고 말았다.

"……어?"

애초 그녀가 상상했던 광경은 술에 취한 자신이 어딘가로 납치되어 감금된 장소였다. 그런데 주변을 둘러보니 전혀 그게 아니었다.

방은 호화로웠고, 침구는 정갈했다.

"여긴…… 설마?"

잠시 멍한 얼굴이던 그녀의 입술이 뒤틀렸다.

어쩐지 많이 본 장소.

볼수록 설마가 맞았다.

바로 시슬란의 침실이었다.

그녀는 자신도 모르게 자신의 몸을 내려다봤다.

다행히 옷은 입고 있었다.

그제야 자신이 무슨 걱정을 했는지 깨달은 야니카는 머리를 싸쥐고 말았다.

'젠장! 난 무슨 생각을 한 거야, 진짜!'

아무리 술에 취했다 한들 시슬란이 자신을 어찌할 일은 없을 것이라 생각하는 그녀였다. 그런데 정말로 경악스럽게도, 그런 사실을 눈으로 확인하자 묘한 실망감이 드는 것도 사실이었다.

결국, 공황 상태에 빠진 그녀는 침대에 털썩 주저앉고 말았다.

"그놈의 술……."

어쩌자고 대책 없이 그랬을까.

하지만 후회하기엔 너무나 멀리 왔다. 시슬란이 문을 열고 들어왔기 때문이다.

"일어났나?"

"그, 그, 그……!"

"술에 절어서 골목에 쓰러져 있더군. 어쨌거나 탐사대가 준비되었으니 어서 가보도록. 그대가 선발 탐사대의 대장이다."

여긴 어떻게 데려왔는지, 데려오고 나서 아무 일(?)도 없었는지, 그렇다면 졸지에 침대를 빼앗긴 시슬란은 어디에서 어떻게 잔 건지 물어보고 싶은 말들이 산더미처럼 많았지만 야니카는 입도 벙긋할 수 없었다.

차마 입 밖으로 꺼내기 민망한 질문이기도 하거니와 자

신의 속마음을 고스란히 내비치는 질문이기도 했기 때문이다.

그랬기에 곧바로 실무적인 문제를 꺼내는 시슬란이 오히려 고마웠다. 이제 시슬란은 그녀의 주군. 야니카는 새로 고친 말투로 씩씩하게 대답했다.

"예, 폐하!"

"그럼 이만 가보도록."

"알겠습니다."

그러나 씩씩하게 황제의 침실을 나서던 야니카는 뒤통수로 날아온 시슬란의 한마디에 휘청거리고야 말았다.

"그런데…… 지난밤에 직접 겪어 본 그대의 술버릇은 참으로 특이하더군."

"……예?"

대체 무슨 일이 있었기에!

야니카는 매달리듯 사정하며 물었지만 시슬란은 아무 대답도 돌려주지 않았다. 대신 입가에 묘한 웃음만 지었을 뿐이었다.

그래도 야니카가 물러나지 않자 시슬란은 딱 한마디만 해주었다.

"약속하지. 그대의 일에만 충실하면 끝까지 비밀을 지켜주기로."

'비밀? 대체 뭐? 뭐가 비밀인 건데! 젠장!'

야니카는 다짐했다.

다시는, 절대로 술을 입에 대지 않겠노라고.

그리고 정말로 열심히 마나홀을 찾아내야겠다고.

그런 시슬란의 정성 어린 독려(?) 덕분이었을까, 야니카가 지휘하는 탐사대는 너무나 의욕적이게도 그날 바로 윈덤을 출발했다.

그걸 보며 윈덤의 수많은 기사와 병사들이 야니카의 황제를 향한 충정에 감명받았다는 후문이 전해졌다.

어쨌거나, 이로써 솔라리스 전체를 손아귀에 넣고 모든 일을 관장하려는 시슬란의 계획은 처음으로 궤도에 올랐다.

이제는 야니카가 지휘하는 탐사대의 보고를 기다리는 일만 남았다.

그렇게 생긴 시간 동안 시슬란은 통합된 영토에서 생겨나는 각종 행정적인 잡음과 씨름해야 했다. 아무리 최소한의 피해를 주며 압도적인 자금으로 후처리를 하였다 해도 사회적인 충격이 아예 없는 것은 아니기 때문이다.

그런 한편, 그는 부활의 사도의 움직임에도 촉각을 곤두세웠다. 하지만 이상하리만치 조용했다.

그러는 사이 두 달의 시간이 훌쩍 지나갔다.

그 무렵, 야니카로부터 연락이 왔다.


　마나홀이 있는 것으로 의심되는 지역을 발견했습
　니다. 이곳의 위치는…….


그녀가 알려 온 위치는 솔라리스 대륙 동부의 어느 외딴 돌섬이었다. 그저 흔해 빠진, 이름도 알려지지 않은 그저 그런 바윗덩어리.

"직접 봐야겠군."

마나홀을 찾는 건 지금 그에게 있어 모든 일에 우선하는 최우선의 과제였다.

그는 카탈리나에게 자신이 자리를 비운 동안의 일을 당부한 뒤에 은밀히 황도를 출발했다.

그 직후, 황도의 신료들과 각 행정구역의 옛 국왕들에게는 황제가 은밀한 감찰에 직접 나섰다는 소식이 전해졌다. 덕분에 시슬란이 자리를 비웠음에도 감히 딴마음을 품는 자는 아무도 없게 되었다.



*3*

황도를 출발한 시슬란은 그날 바로 허브 항구를 이용해 대륙 동부 해안에 도착했다.

그가 도착한 곳에 야니카가 미리 기다리고 있었다.

"오셨습니까?"

"탐사대는?"

"미리 돌섬 안쪽에 들어가 통로를 확보하고 있습니다."

"통로? 섬 아래에 지하 공간이 있는 건가?"

"네. 생각보다 훨씬 넓은…… 사원으로 추정되는 곳입니다."

시슬란은 걸음을 멈칫하고 야니카를 돌아보았다.

"고생이 많았군. 얼굴이 야윈 걸 보니."

"아, 아닙니다."

야니카의 얼굴이 빨갛게 달아올랐다.

그녀는 걸음을 확 빠르게 하여 시슬란을 앞서 걸어갔다.

"이쪽입니다."

준비된 보트를 타고 바위섬에 도착했다.

섬 아래로 연결된 시커먼 입구가 무저갱처럼 입을 벌리고 있었다. 입구는 사람 하나가 들어갈 정도 크기였지만 빛이 닿는 곳으로 보이는 통로 안쪽은 훨씬 넓었다. 그리고 바닥이 보이지 않을 정도로 깊었다.

굉장히 깊은 수직 통로였다.

"아마도 인공적으로 만든 장소인 것 같습니다."

야니카의 말에 시슬란이 고개를 끄덕였다.

"아마도 그럴 테지. 그들이 마나홀을 모셔 둔 곳이라면."

시슬란은 통로로 들어갔다. 통로는 처음엔 수직으로 떨어지다가 나중에는 굉장히 복잡한 구조의 지하 건축물로 이어졌다.

그때쯤부터 괴상한 모습의 생물체들이 눈에 띄기 시작했다.

"여기서부턴 나 혼자 간다."

그는 야니카와 탐사대 전원을 더 들어오지 못하게 했다. 마나홀 주변의 비정상적으로 집중된 마나에 의해 생겨난 기형 생물들이 탐사대에게 위협이 될 수도 있기 때문이었다.

키에에에엑!

형용하기 어려운 기괴한 모습의 지저 생물들이 시슬란을 먹잇감으로 노리고 달려들었다.

하지만 이곳은 지저 세계.

빛 한 점 들지 않는 완벽한 어둠.

시슬란에게 가장 편안한 장소였다.

샤아아아!

그는 별 힘도 들이지 않고 자신에게 달려드는 괴생물체들을 멀리 날려 버렸다. 최소한의 본능이 있는 놈들이라 그걸로도 충분했다.

시슬란이 결코 자신들의 먹잇감이 아니란 사실을 깨달은 놈들은 공포에 질린 채 지하 가장 깊숙한 곳까지 도망쳐 숨기에 바빴다.

그렇게 통로를 따라 이동한 지 한참.

지하 사원의 제단으로 보이는 장소가 나타났다.

제단 위 허공에 지름 1미터 정도의 푸른 구체가 떠 있었다.

마나홀이었다.

하지만 시슬란은 성급하게 마나홀에 접근하는 대신, 가만히 서서 주변을 살폈다.

"이쯤 되면 내가 왔단 사실을 알고 있을 텐데."

허공을 향해 그가 나직하게 말한 순간.

스르르르……!

주변의 지면이 꿈틀거리기 시작했다.

그리고 바닥에 깔린 포석의 틈새로 청록빛 끈적이는 물질이 잔뜩 배어 나오기 시작했다. 지하 사원 전체의 공간을 차지할 만큼 넓은 범위에서였다.

제단 위로 올라선 시슬란이 바라보는 가운데, 청록빛 점액이 하나로 뭉쳐 갔다. 하지만 덩어리를 이루었다고 해서 점액의 형태가 일정한 건 아니었다. 마치 거대한 젤리를 보는 것 같았다.

"저게 이곳의 가디언이겠군."

시슬란이 곧바로 마나홀에 손을 대지 않은 이유가 바로 이것이었다. 마나홀을 해체하느라 무방비가 된 사이에 가디언에게 습격받고 싶진 않았던 까닭이다.

샤아아아아!

시슬란의 시야가 닿는 모든 범위에서 그림자가 일어났다.

스르르르르르!

젤리처럼 물컹거리던 가디언이 뱀 같은 형상으로 변해 시슬란을 향해 쇄도했다. 그러나 이미 그 앞은 그림자가 가로막고 있었다.

철퍽!

그림자에 닿자마자 가디언은 뭉개지며 형태를 바꾸었다. 수천 가닥의 밧줄처럼 갈라져 시슬란을 완전히 뒤덮을 기세였다.

그림자가 환영처럼 일어나며 모든 줄기를 막아섰다.

철퍽! 철퍼퍽!

쪼개지고 갈라지고 다시 뭉치고.

점액과 그림자, 형태 없는 두 힘의 싸움은 끝이 없을 것 같았다.

그러는 사이에 가디언의 본체에서 떨어져 나온 작은 점액 방울들이 시슬란의 주위로 튀어 들었다. 그 작은 방울 하나하나가 모두 가디언의 조종을 받고 있었다.

"까다롭군."

형태가 없어서 붙잡을 수도 없고, 부숴도 흩어졌다가 다시 뭉치기 일쑤이니 타격이 들어가고 있는지도 확신하기 어렵다. 실로 까다로운 상대임을 인정하지 않을 수 없었다.

하지만 그렇다고 시슬란이 여유를 잃을 정도는 아니었다.

샤아아아!

그림자의 움직임이 달라졌다.

가디언을 잘게 쪼개고 막아 내는 것에서, 넓게 퍼져 지하 공간 전체를 잠식하는 것으로.

그리고 곧바로 그림자가 가디언을 사방에서 압박하기 시작했다.

철퍼퍼퍽!

가디언이 발작적으로 저항했지만 더는 소용이 없었다. 마치 거대한 유리병에 담긴 젤리처럼 그림자에 완전히 갇혀 버린 것이다.

그렇게 가디언을 완전히 제압하고서야 시슬란은 마나홀을 해체했다.

해체의 과정은 여전히 조심스러웠지만 이전보다 신속하고 깔끔했다. 그 끝에 시슬란은 네 번째 마나 크리스털을 얻게 되었다.

그러자 잠시 폭주하는가 싶던 가디언도 곧 자신의 원래 본성을 되찾았다. 베르디스나 제피, 아시우트가 그러했던 것처럼.

흐물흐물한 것은 여전했지만 네 번째 가디언은 이제 사람의 형상을 갖추고서 시슬란을 마주 보게 되었다.

—당신이 날 해방한 거요? 마나홀의 속박으로부터?

네 번째 가디언의 이름은 아쿠아로스.

그는 원래 고대의 이곳 동부 해안에서 득세하던 어느 종파의 사제였다고 했다.

—이 사원은 바다와 물을 신성시하던 우리 종단의 성역이었소. 그리 거창한 교세를 떨치던 건 아니었지만 우리는 나름의 교리를 지키고 이웃을 사랑하며 평화롭게 지내고 있었소. 하지만 언젠가 그들이 왔소……

"부활의 사도가 그대를 이렇게 만든 건가?"

—그렇소. 어쩐지 당신은 그들을 잘 알고 있는 것같이 말하는구려?

"알다마다. 그들에 맞서서 마나 크리스털을 모으고 있으니까."

시슬란은 아쿠아로스에게 자신을 따를 의사가 없느냐고 물었다. 잠시 고민하던 아쿠아로스는 흔쾌히 고개를 끄덕였다. 어차피 마나 크리스털과 일정 거리 안에서 접촉을 유지해야 살아갈 수 있는 처지인 데다 부활의 사도에게 용무도 있었기 때문이다.

─복수가 아니외다. 그들에게 교리를 전파하고, 그릇된 과거를 뉘우치게 하며, 궁극적으로는 그들 또한 사랑과 평화의 길을 걷게 해주고 싶소.

"그건 내가 상관할 바 아니다. 그대가 알아서 하도록."

─고맙소.

그렇게 시슬란은 네 번째 마나 크리스털과 가디언을 얻게 되었다.


4


그 후로도 야니카와 탐사대는 활동을 멈추지 않았다.

조사는 계속되었다.

그리하여 넉 달 뒤엔 다섯 번째 마나홀이 시슬란의 소유가 되었다.

야니카는 더더욱 탐색에 박차를 가했다.

베르디스와 제피를 비롯한 다섯 가디언들의 증언을 토대로 정보를 종합한 결과, 여섯 번째 마나홀이 마지막이 될 것 같다는 결론이 내려졌기 때문이다.

그리고 반년이 흐른 뒤, 야니카의 탐사대는 드디어 마지막 여섯 번째 마나홀을 찾아냈다.


## 5

"이곳인가……."

시슬란은 감회 어린 눈으로 주변을 둘러보았다.

온통 순백으로 물든 대지.

남극.

보이는 것이라곤 눈과 얼음밖에 없는 황량한 곳이었다.

그리고 막막한 빙원의 한가운데, 길이가 수 킬로미터에 너비는 수십 미터에 이르는 거대한 균열이 있었다.

"탐사 기지로 돌아가서 기다리도록."

시슬란은 야니카와 탐사대를 돌아가게 했다.

하지만 그러고도 곧바로 균열 속으로 내려가지 않았다.

야니카와 탐사대가 눈보라에 가려 완전히 보이지 않게 될 때까지 그 자리에 우두커니 서서 멀어지는 뒷모습만 바라보았다.

그 후에야 그는 균열 아래로 내려갔다.

균열은 위에서 보는 것만큼 깊진 않았다. 대신 위쪽보다 훨씬 따뜻했다. 덕분에 눈이나 얼음이 쌓여 있지도 않았다.

시슬란은 균열 내부를 따라 걸었다.

이제 만나게 될 마나홀이 마지막이라고 생각하니 감회가 새로웠다. 드디어 마나 크리스털을 모두 모으게 되는 것이다.

'과연, 과거 베르디스가 했던 증언대로 루나티카로 가는 길이 열릴 것인지⋯⋯.'

만일 정말로 그렇게 된다면 고향으로 돌아갈 수 있었다. 황가를 능멸한 반란 도배들을 모조리 주살하고 황실의 위엄을 되살릴 수 있게 되는 것이다.

그러나 아직은 확신할 수 없는 일이었다.

게다가 불안한 점도 있었다.

'부활의 사도가 너무 조용해.'

지금까지 부활의 사도는 시슬란이 마나 크리스털을 확보하는 것을 결사적으로 저지하려 들었다. 혹은, 시슬란이 획득한 마나 크리스털을 강탈하기 위해 갖은 술수를 부리기도 했다.

그런데 시슬란이 상인의 도시 프라체에 가서 상인 회의에 참석하고 허브 항구 사업을 시작한 무렵부터 부활의 사도가 자취를 싹 감추고 말았다.

마치, 그들이 지난 수백 년간 숨죽이며 지내 왔던 것처럼.

'뭔가 노리는 게 있는 것이 분명해.'

그렇게 볼 수밖에 없었다.

하여 시슬란은 마지막 마나홀이 기다리고 있을 이 장소에 부활의 사도의 무리가 반드시 나타날 것이라 예상하고 있었다.

그래서 야니카와 탐사대를 돌려보낸 것이고, 자신이 솔라리스에서 새로 이룩한 제국의 어떤 병력도 동원하지 않았다.

'그런 병력은 수천수만 명이 모여도 효과가 미미하니까.'

부활의 사도에 맞서려면 소수 정예나 강력한 개인이 제일 제격일 터였다. 그냥 평범한 인간들로 숫자만 채웠다간 개죽음이나 진배없는 집단 학살을 당할 위험이 오히려 훨씬 컸다.

어쨌건 시슬란은 그런 생각들을 접으며 마나의 기운이

가장 짙게 느껴지는 곳으로 다가갔다. 그리고 눈앞에 펼쳐진 광경에 자신도 모르게 걸음을 멈추었다.

백여 개가 넘는 대리석 석상이 양쪽으로 늘어서 있었다. 그것들은 고대 전사의 복장을 하고 있었는데, 하나같이 당장에라도 살아서 움직일 것 같은 역동감이 느껴지는 역작들이었다.

'이런 곳에 어째서 석상이 있는 걸까.'

특히 그중에서도 가장 중앙에 있는 석상 하나는 다른 것들보다 키와 덩치가 훨씬 컸다. 키만 4미터에 달할 것 같았고, 거대함에 어울리는 박력은 그야말로 산을 통째로 들어 올릴 것만 같았다.

잠시, 혹시나 싶은 생각이 들었다.

이 석상들이 여섯 번째 가디언이 아닐까 하고.

스윽.

시슬란은 한참 석상들을 관찰했지만 이내 석상은 석상일 뿐이라는 결론을 내렸다. 가디언으로 보일 어떤 징후도 느껴지지 않았기 때문이다.

"……."

시슬란은 석상들을 지나쳐 마나홀 앞에 섰다.

이게 마지막이다.

하지만 그는 방심하지 않았다.

어딘가 근처에 가디언이 숨어 있으리라. 그리고 자신을 노리고 있으리라. 그렇게 확신했다.

샤아아아!

시슬란의 주위로 그림자 장막이 드리워졌다.

마나홀을 해체하는 동안 가디언의 습격을 막아 줄 최소한의 보호막이었다.

그는 곧장 마나홀을 해체하기 시작했다.

마나홀은 꿈틀거리고 회전하며 반항하였지만 이미 앞서 다섯 차례나 마나홀을 해체한 경험이 있는 시슬란이었다. 그는 아이를 달래듯 마나홀을 진정시켰다.

그리고 마침내, 마지막 여섯 번째 마나홀이 마나 크리스털로 압축되었다.

찰그랑.

시슬란은 바닥에 떨어진 은백색 마나 크리스털을 손에 꽉 쥐었다.

'해냈다.'

끝끝내 가디언이 모습을 나타내지 않은 점이 조금 이상하긴 했지만 이제는 상관없었다. 마나홀이 해체되었으니 가디언도 더 이상 그에게 적대적이지 않을 것이었기 때문이다.

시슬란은 품속에서 나머지 다섯 개의 마나 크리스털을

모두 꺼내 한참을 만지작거렸다.

그때 시슬란의 안주머니에서 잠잠히 있던 바실이와 제피가 고개를 내밀었다.

"으듀듀!"

"드디어 다 모으셨군요. 윽! 깨물지 마, 이것아. 어쨌건 지금 바로 하실 겁니까요?"

"그래야지."

시슬란은 고개를 끄덕이다가 제피에게 물었다.

"괜찮겠나? 이제부터 무슨 일이 생길지는 나도 장담할 수가 없는데. 최악의 경우엔 마나 크리스털이 사라지고 그대가 소멸될 수도 있다."

"괜찮습니다요. 저도 그렇고, 베르디스나 다른 녀석들도 모두 동의했지 않습니까요. 괜찮다고."

제피가 엄지를 추켜세웠다.

시슬란이 피식 웃었다.

"고맙군."

그는 마지막으로 얻은 마나 크리스털을 앞서의 다섯 개와 나란히 놓았다.

자석이 서로를 끌어당기듯 여섯 조각의 마나 크리스털이 자연스럽게 한 덩이로 달라붙었다. 그리고 서서히 희미한 빛을 내뿜으며 허공으로 떠올랐다.

동시에 지면이 떨렸다.

투두두두……!

떨리는 것은 지면만이 아니었다. 주변의 공기와 모든 물질이 마나 크리스털의 진동에 공명하고 있었다.

그 진동의 중심에서 시슬란은 눈도 깜빡이지 않고 허공에 떠오른 마나 크리스털을 주시했다.

'과연 루나티카로 가는 길이 열릴 것인가.'

감회가 새로웠다. 솔라리스에 와서 지금까지 있었던 일들이 하나하나 떠올랐다. 그 모든 일들이 오늘을 위한 과정이었단 생각도 들었다.

'모두들, 안녕이다.'

황도를 떠나오며 카탈리나에게 인사하지 않았다. 먼 길 떠나는 사람처럼 굴지 않았다. 그저 잠시 다녀오는 것처럼, 그렇게 떠나왔다.

야니카에게도 마찬가지였다. 탐사 기지로 돌아가 있으라고, 곧 따라서 돌아갈 것처럼 말했었다.

후회는 되지 않았다.

다만, 이토록 성급히 찾아온 이별을 예상 못 할 두 사람에게 조금 미안할 뿐.

'하지만 결국 떠날 사람이니까, 나는…….'

떠나야 한다면 바람처럼.

있었던 흔적도, 아쉬움도 남기지 말고.

그렇게 떠나자고 다짐했다.

그사이 마나 크리스털의 진동과 주변의 공명은 절정을 향해 치닫고 있었다.

쿠구구구구구!

강대한 힘의 회오리가 허공에서 어지럽게 얽혀 들었다. 진동의 공명이 더욱 멀리멀리, 전 세계를 향해 퍼져 나갔다.

이 순간, 마나 크리스털은 시슬란이 예상했던 것과 전혀 다른 몇 가지 결과를 불러오고 있었다.

3장.

광마대제

# 1

"아, 오늘도 시간 더럽게 안 가는군."

루나 제국 황도 제176 병기고의 말단 관리 장교 켈슨은 작게 투덜거렸다. 하지만 어쩔 수 없는 일이었다. 밤을 지새우면서 창고를 지키는 것이 그의 임무이니 불평해도 아무 소용이 없는 까닭이다.

"뭘 그리 불평을 하시나."

켈슨의 맞은편에 앉은 그의 동료, 슬로브가 피식 웃으며 간이 테이블 위에 카드를 펼쳐 보였다.

"트리플 스피어. 내가 이긴 것 같은데?"

"아?"

켈슨은 멍하니 테이블 위에 펼쳐진 동료의 카드를 보았다.

아니, 저놈이 어느새?

잠시 멍하니 정신을 판 사이에 동료가 회심의 패를 뽑았음을 알고 그는 뒤늦은 후회를 집어삼켰다.

슬로브가 판돈을 챙기며 말했다.

"뭐가 그리 불만인가?"

"글쎄, 이것저것."

"사실 우리 일이 그리 힘든 것도 아니잖나. 하긴, 자네야 아내와 자식들만 집에서 밤을 보내게 하는 게 불안하긴 할 테지만."

"바로 그거야. 불안하다고. 요즘 세상이 좀 험한가? 나 없는 사이에 도둑이나 강도라도 들면 어쩌나 싶기도 하고……. 이참에 아예 보직 변경을 신청해 볼까?"

"그러다가 멀쩡한 직장도 날아가는 수가 있네. 지금 있는 자리나 잘 지키자고. 조금 무료하긴 해도 이만큼 편한 일이 어디 있다고."

이쑤시개를 씹고 우물거리며 슬로브가 패를 섞었다. 그의 무사태평한 말에 켈슨은 적잖이 안심되는 기분을 느꼈다.

"그럴지도. 패나 돌리게."

"그렇잖아도 돌릴 거네. 또 잃을 준비나 하라고."

두 사람은 타닥타닥 타오르는 벽난로 가에 세운 간이 테

이블을 사이에 두고 한참 동안 카드놀이에 열중했다.

그러던 중에 무슨 소리가 들렸다.

끼리리릭…….

결코 크지 않은, 그러나 묘하게 신경을 긁는 소리였다.

느긋하게 카드를 집어 들던 켈슨이 손을 멈추었다.

"뭐지?"

"자네도 들었나?"

어지간해선 무사태평인 슬로브도 눈을 빛냈다.

두 사람은 방금 전의 소리가 자신들이 지키는 창고 안쪽
에서 들려왔음을 명확히 인지했다.

"안쪽이야."

"혹시 누군가가 침입한 건?"

"그럴지도."

"일단 가서 보세."

동년배인 두 말단 장교는 간이 테이블 옆에 세워 둔 검과
비상용 마법석을 챙겨 들었다. 그리고 근무자용 대기실과 연
결된 창고로 조심스럽게 다가갔다.

두 사람은 눈짓과 손짓으로 신호를 주고받았다.

'셋 세면 내가 먼저 들어간다.'

'좌우는 걱정 마. 내가 지켜 주지.'

'알았어.'

심호흡을 하며 셋을 센 그들은 창고 문을 박차고 안으로 들어갔다.

벌컥!

"안에 누구냐!"

마법석으로 창고 안을 비추었다.

사람의 그림자가 보였다.

그런데 침입자는 아니었다. 창고에 들어온 사람은 창고 외곽 경계병으로 보이는 사내였다.

"이봐, 여긴 자네가 돌아다닐 곳이 아니야. 어서 근무지로 돌아가게. 안 그러면 상부에 보고할 테니. 쯧."

두 사람은 경계병에게 충고하고는 원래 있던 대기실로 돌아왔다. 요즘 경계병들의 군기가 많이 빠졌다고 투덜거리며.

켈슨과 슬로브는 중단했던 카드놀이를 이어 나갔다. 여전히 벽난로에서 뿜어 나오는 열기는 따뜻했고, 졸음을 쫓기 위해 타온 시원한 음료는 썩 괜찮았다. 게다가 아까와 달리 다시 시작된 카드놀이에서 켈슨은 굉장히 좋은 패를 연달아 받았다.

"이거, 갑자기 운이 나한테 오는 느낌인데? 하하."

모처럼 이어진 연승에 켈슨이 활짝 웃었다. 그는 보란 듯이 의미심장한 표정을 지으며 자신의 패를 내보였다. 무려 다섯 자루의 똑같은 모양의 검이 나란히 펼쳐져 있었다. 퍼펙트 스워드였다.

신이 난 켈슨이 테이블 한쪽에 쌓인 판돈을 챙기기 위해 손을 뻗었다.

"와하핫! 내가 이런 패로 자네를 이기다니, 오늘 내 운수가 무척이나 좋은 것 같은데? 오늘 뭐가 돼도 되려고 이런……"

그러다가 그는 보았다.

"……어?"

자신을 마주 보는 슬로브의 표정이 이상했다.

처음에는 카드에 져서 그러는 줄로만 알았다. 그런데 다시 보니 그게 아니었다.

슬로브는 켈슨을 보고 있지 않았다. 그의 시선은 켈슨의 어깨 너머, 뒤쪽을 바라보고 있었다.

슬로브가 말했다.

"이봐, 경계병, 아까 충고했을 텐데? 함부로 나돌아 다니지 말라고. 그런데 감히 겁도 없이 여길 들어와?"

"뭐?"

놀란 켈슨이 뒤를 돌아보다가 깜짝 놀라 일어섰다. 아까 봤던 경계병이 바로 뒤에 있었기 때문이다.

그런데 경계병의 기색이 조금 이상했다.

"이봐, 대답 안 하나?"

"……."

슬로브의 재촉에도 경계병은 반쯤 풀린 눈동자로 멍하니 슬로브를 쳐다보기만 할 뿐, 대답조차 하지 않았다.

슬로브의 표정이 굳었다.

"설마 술을 마신 건가? 안 되겠군. 따끔한 맛을……."

그때였다.

서걱!

켈슨은 슬로브의 몸에서 이상한 소리가 나는 걸 들었다.

그리고 보았다.

슬로브의 몸이, 오른쪽 어깨에서부터 왼쪽 옆구리까지 대각선으로 잘려 스르르 무너지는 모습을.

"……어?"

촤아아악!

폭발적으로 솟아난 피분수가 켈슨의 상체를 적셨다.

그때까지도 켈슨은 지금 일어나고 있는 일을 절반도 이해하지 못했다. 너무나 갑작스럽게 일어난 일이었기 때문이다.

하지만 그도 한 가지는 깨달을 수 있었다.

대기실에 들어온 이 경계병에게서 짙은 살기와 오싹한 느낌이 물씬 풍겨 나온다는 것을. 그리고 친구인 슬로브가 이 경계병에게 당했다는 것을.

그런 켈슨을 보는 경계병의 눈동자가 시뻘겋게 물들었다.

"으, 으아아아!"

비명. 절규.

한가롭게 가족 걱정을 하며 카드를 돌리던 말단 장교의 처절한 음성이 창고를 쩌렁쩌렁 울리게 만들었다.


## 2

"이쪽이다! 미끄러우니 다들 걸음에 유의하도록."

야니카가 하얀 숨결을 뱉어 내며 말했다.

탐사대는 오랜 활동으로 지쳐 있었다. 게다가 탐사 기지로 돌아가는 동안 눈보라가 점점 심해지고 있었다. 이곳 극지의 날씨는 이토록 변덕스러워서 도무지 예측하기가 쉽지 않았다.

긴장한 그녀는 눈보라 속에서 표식을 찾아가며 탐사대를 인도했다. 그리하여 거의 탐사 기지에 도착했을 무렵이었다.

쿠구구구…….

멀리에서 돌연 커다란 진동이 느껴졌다.

"무슨 일이지?"

그녀는 문득 불길함을 느꼈다. 진동의 진원지가 마나홀이 있던 방향이었기 때문이다.

'혹시 시슬란 님께 무슨 일이 생긴 건 아닐까?'

잠깐 그런 생각이 들었다.

그간 너무나 잠잠했던 부활의 사도 때문에 그녀도 불안하긴 마찬가지였던 까닭이다.

때문에 그녀는 잠시 탐사대를 이끌고 되돌아갈까도 생각했다. 하지만 이내 그 마음을 접었다. 탐사대의 구성원들은 전투에 적합하지 않다. 하물며 상대가 부활의 사도라면 더욱 그러할 것이다.

'차라리 탐사대를 기지에 도착시킨 후에 나 혼자 가보는 게 낫겠어.'

그렇게 결심한 야니카는 더욱 걸음을 서둘렀다.

그때였다.

쉬악!

갑자기 뒤쪽에서 날카로운 기세가 그녀를 덮쳐 왔다.

"……!"

기세에 앞서 느껴진 강렬한 살기에 야니카의 몸이 먼저 반응했다. 그녀는 상체를 크게 숙였고, 그 직후 섬전 같은 무언가가 그녀의 머리가 있던 공간을 크게 헛치고 지나갔다.

"뭐, 뭐야!"

갑작스러운 기습에 놀란 야니카가 바닥을 굴렀다.

푸푸푹!

그녀가 있던 자리의 얼음이 푹푹 패었다.

엄청난 빠르기의 무언가가 얼음을 찔렀기 때문이다.

이어지는 공격을 가까스로 피해 낸 야니카는 순식간에 거리를 벌리며 등에서 거검을 뽑아 들었다. 그리고 상대를 확인하고는 경악하고 말았다.

"너, 너희들, 대체 왜?"

그녀를 기습한 자들은 바로 탐사대원들이었다.

물론 모두는 아니었다.

야니카와 동행하던 열 명의 대원 중에서 세 사람이 시뻘겋게 변한 눈동자로 그녀를 노려보고 있었다.

그럼 나머지 일곱은?

주변을 둘러본 야니카는 저도 모르게 욕지기를 참기 위해 숨을 골라야 했다.

나머지 일곱 명의 탐사대원들은, 신원을 확인하기 전에 우선 퍼즐 맞추기를 해야 할 정도로 산산조각으로 잘려 죽어 있었다.

"크르르르……!"

갑자기 돌변한 세 명의 탐사대원들이 야니카를 향해 서서히 다가왔다.

"잠깐만! 너희들, 제정신인가!"

야니카의 외침도 그들의 귀에는 들리지 않는 듯했다.

"크윽!"

뚜렷한 살기를 감지한 야니카가 검을 상단으로 치켜들었다. 이미 피할 곳은 없다. 이유는 모르겠지만 저들은 자신을 죽이기 위해 움직이고 있다.

다른 것은 몰라도 그것 하나만큼은 확신할 수 있었다.

그렇다면…….

피할 수 없다면 전투다.

야니카의 눈이 빛났다.

돌변한 세 탐사대원의 눈 역시 빨갛게 빛났다.

"끼야아아악!"

"크르르륵!"

야니카와 세 탐사대원이 서로를 향해 돌진했다.


3


쿠구구구……!

마나 크리스털에서 시작된 진동은 아까 시슬란이 지나쳐 온 대리석 석상들이 있는 곳도 강력하게 흔들고 있었다.

석상들도 공명하고 있었다.

투두둑…… 투둑…….

석상에 쌓인 진눈깨비와 먼지가 우수수 떨어졌다.

그리고 가장 거대하던 석상이 서서히 움직이기 시작했다.

석상이 입술을 비틀며 웃었다.

—아까 그 맹랑한 놈이 결국 그녀를 깨우고 말았군.

사방에 가득하던 108개의 석상들이 일제히 꿈틀거렸다.

그들은 처음 움직인 거구의 석상에게 머리를 꾸벅 숙여 보였다.

—먼저 깨셨수, 대장?

그들은 무척이나 자유분방하고 거친 모습들이었다. 근엄함과는 동떨어진 행동거지나 말투로만 보자면 그냥 산에서 상인들이나 털어먹고 사는 무식한 산적들로 보일 지경이었다.

—뭐? 대장?

수염을 쓰다듬던 거대 석상이 인상을 찌푸렸다.

—야, 이놈아! 내가 대제라고 불리게 된 것이 대체 언제 적의 일이더냐? 그런데 아직도 그 말버릇을 못 고쳐? 응? 너좀 맞을래?

—아니, 그게 아니고 말입니다. 한번 입에 붙은 걸 어떻게 바꿉니까요?

—니미, 닥쳐!

—꿍……. 아니, 그러는 대장님 말투는 뭐, 광마대제라고

두려움을 한몸에 받던, 뭐 그런 말투입니까요?

광마대제라 불린 거대한 석상이 수하를 향해 씨익 웃어 보였다.

—네놈이 오랫동안 안 맞았구나?

—그, 그건 아니지 말입니다. 게다가 지금 우리가 이렇게 떠들 때도 아닌 것 같은뎁쇼.

—하긴, 그건 그렇지. 지금 상황을 봐서는 아까 그놈이 마나 크리스털을 다 모아 버린 거, 맞겠지?

—그렇지 말입니다.

—흐음…….

광마대제의 눈이 희번덕거렸다.

—내가 아까 보니까 말이다…… 그놈, 상당히 친숙한 힘이 느껴지더구나.

—친숙한 힘이라뇨?

—그건 일단 가서 확인부터 해봐야 할 것 같다. 가자, 이놈들아.

광마대제가 마나 크리스털의 진동이 느껴지는 진원지를 향해 육중한 걸음을 옮겼다. 108개의 석상들도 뒤를 이어 움직였다.

쿵! 쿠웅……!

광마대제를 비롯한 석상들에게서 풍겨 나오는 기운은 가

디언이나 골렘 따위의 것들과는 차원이 다른 것이었다.

그 행렬의 선두에서 잠시 옛일을 기억하듯 회상에 잠겼던 광마대제가 홀로 중얼거렸다.

—그놈, 그 재수 없던 놈과 닮았단 말이야. 샨······.

광마대제 크라갈은 왕년의 친우이자 최악의 맞수였던 남자를 떠올렸다.

으드득!

그의 입에서 스산한 잇소리가 새어 나왔다.

동시에 그는 너무나 오래전의 일인, 그래서 이제는 너무나 아득해져 버린 어느 날의 기억을 떠올렸다.


4

봄날의 햇살이 눈부시다.

하지만 남들보다 덩치가 배나 큰 청년 크라갈에게는 이 같은 화창한 봄날도 우중충한 겨울보다 더욱 시리게 느껴졌다.

방금 막 큰마음을 먹고 한 고백이 퇴짜를 맞았기 때문이다.

하지만 그에게 퇴짜를 놓은 날씬한 소녀는 태연하게 한쪽 눈을 찡긋, 윙크를 했다.

"크라갈 오라버니도 알잖아? 내가 누굴 짝사랑하는지."

"샨, 그놈 말이야?"

샨.

그의 이름을 부르며 크라갈은 인상을 팍 찌푸렸다. 그래, 언제나 그놈이 문제다. 생긴 건 꼭 계집애처럼 생겨 가지고, 대체 그런 놈이 뭐가 좋다고 수시아가 이러는지.

그때였다.

크라갈의 등 뒤에서 냉랭한 목소리가 날아왔다.

"놈이라니? 버릇없다."

"뭐?"

깜짝 놀라 돌아선 크라갈의 뒤에는 어느새 눈부신 용모에 검은 머리칼을 지닌 호리호리한 청년이 서 있었다.

청년은 여전히 쌀쌀한 표정 그대로 말했다.

"내가 너보다 두 살이나 더 많다. 예의를 차려라, 크라갈."

"뭐? 흥! 그래서?"

"지금 수시아에게 퇴짜를 맞은 화풀이를 내게 하려는 건가?"

"허허! 내가 그렇게 쪼잔한 놈으로 보여?"

"적어도 지금은 그런 것 같은데."

"으아, 이게 진짜!"

덩치 큰 청년은 더는 화를 참지 못하고 샨이라 불린 청년에게 달려들었다.

누가 보아도 둘의 덩치 차이는 확연했다. 물론 지닌 완력이나 체력도 비교가 안 될 것이다. 누구에게 물어도 둘이 겨루면 샨이라는 청년이 상대도 안 될 것처럼 보였다.

하지만 결과는 달랐다.

샤아아아……!

샨의 눈짓 한 번에 사방에서 시커먼 그림자가 일어났다. 그를 향해 달려들던 크라갈은 눈 깜짝할 사이에 그림자에 포위되고 말았다.

그때부터 이어진 상황은 일방적인 구타, 그 자체였다.

퍼퍼퍼퍼퍽!

"크아아악!"

수많은 그림자에 무수히 얻어맞아 만신창이가 되면서도 크라갈은 끝끝내 무릎을 꿇지 않았다. 그는 후들거리는 걸음을 끝까지 옮겨 샨에게로 다가갔다. 그리하여 마침내 그의 주먹이 샨의 얼굴을 후려치려던 순간이었다.

"그만!"

뾰족한 목소리가 둘 사이에 끼어들었다.

바로 날씬한 소녀, 수시아의 음성이었다.

서로를 죽일 듯이 노려보던 두 청년이었지만 이상하게도 소녀의 말에 손을 멈추었다.

크라갈이 퉁퉁 부은 볼을 매만지며 입속에 고인 침을 뱉어 냈다.

"크읍, 퉤! 불공평해. 왜 내가 맞을 때는 보고 있다가 겨우 한 대 때리려니까 말리는 건데?"

"흥! 크라갈 오라버니와 달리 샨 오라버니는 섬세하시거든? 오라버니의 그 무식한 주먹에 맞았다간 크게 다치고 말아요. 알았어요? 게다가!"

소녀, 수시아가 돌연 눈썹을 역팔자로 곤두세웠다.

"지금 이런 사소한 일로 다투고 있을 때야? 응? 우리들 각자 세 부족의 존망이 걸린 상황에서 내게 고백 같은 걸 할 때냐고. 크라갈 오라버닌 생각 좀 하고 살아."

"크으……."

반론이 궁해진 크라갈은 치를 떨면서도 입을 다물었다.

그때였다.

지금껏 묵묵히 있던 샨이 입을 열었다.

"때가 된 것 같군. 다들 모였다."

그가 돌아섰다.

그가 바라보는 방향, 그 바로 한 걸음 앞에는 천 길 낭떠러지가 펼쳐져 있었다. 지금까지 세 사람이 있던 곳이 절벽 꼭대기인 까닭이었다.

샨의 주홍빛 눈동자가 낭떠러지 아래를 주시했다.

그곳에는 어느새 수많은 사람들이 모여 있었다.

사람들, 운집한 전사들이 절벽 꼭대기의 세 사람을 향해 한목소리로 외쳤다.

"해와 달과 별의 세 부족은 이제부터 같은 운명의 배를 타게 되었나이다! 하오니 세 지도자께오서 부족을 이끌어 암흑의 세월을 걷어 내 주시옵소서!"

수많은 외침, 아우성, 쩌렁쩌렁 울리는 포효가 샨과 크라갈, 수시아 세 사람을 향하였다. 수백, 수천에 달하는 사람들의 염원과 바람이 세 사람을 향해 쏟아졌다.

하지만 세 사람의 반응은 달랐다.

샨은 여전히 냉담한 표정인 반면, 크라갈은 흥분을 가라앉히기 위해 억지로 거친 숨을 내쉬었다. 한편 수시아는 아랫입술을 깨물며 고개를 끄덕였다.

하지만 세 사람이 공통적으로 보인 반응도 있었다.

그들은 누구 하나 예외 없이 자신의 부족을 나타내는 보석을 쥐고 있었다.

샨은 달을.

크라갈은 태양을.

수시아는 별을.

그렇게 세 사람은 각자의 부족을 나타내는 상징을 꼭 쥐고서 부족 구성원들의 아우성을 온몸으로 듣고 있었다.

그러다가 문득, 샨이 중얼거렸다.

"셋을 함께 상징할 무언가가 필요할 것 같군."

"상징?"

크라갈이 고개를 갸웃거렸다.

그때 수시아가 앞으로 나섰다.

"그거라면 내게 좋은 생각이 있어."

두 청년의 시선이 그녀를 향했다.

그녀의 볼에 홍조가 피었다.

"우리도, 우리들의 부족도 셋이 모여 한몸이 된 거나 다름없잖아? 그러니까 이런 건 어떨까?"

수시아는 나뭇가지를 들어 바닥에 무언가를 슥슥 그려 냈다.

"자, 바로 이거야."

"어……?"

그녀가 그려 낸 그림을 본 크라갈이 얼빠진 감탄사를 내뱉었다.

그가 반문했다.

"뭐야, 이건? 머리가 셋이나 달린 뱀이잖아?"

"응, 맞아. 그래서 우리의 이름은 부활의 사도. 세 부족의 부활을 위해 만들어진 연합. 언제?"

수시아의 장난기 가득한 얼굴은 무척이나 상기되어 있었다. 문득, 크라갈은 그 모습이 정말로 화사하고 빛이 난다고 느꼈다.

크라갈은 분명 그렇게 기억하고 있었다.


5

"아……."

툭.

뜨개질하던 카탈리나는 돌연 극심한 두통을 느꼈다.

시슬란에게 선물하기 위해 짜고 있던 목도리를 떨어뜨렸지만 그걸 주울 정신도 없을 정도로 강한 두통이었다.

동시에 그녀로선 이해할 수 없는 수많은 기억이 해일처럼 그녀를 엄습해 왔다. 그러나 그것은 그녀의 기억이 아니었다. 전혀 모르는 사람의, 모르는 시간의, 모르는 기억이었다.

'수……시아? 누구야, 그게? 이 두통은 대체 뭐야? 왜 이러는 거야? 누, 누가 좀…….'

머리를 부여잡고 쓰러진 그녀는 이윽고 정신을 잃어버리고 말았다.

# 6

시슬란은 의아함을 느끼고 있었다.

'이상하다.'

마나 크리스털은 계속해서 주변을 공명시키기만 할 뿐, 어떠한 통로를 만들어 내거나 단서를 주지 않고 있었다.

시간이 지남에 따라 시슬란의 표정도 굳어 갔다.

"아무래도 이거 이상한뎁쇼?"

제피도 목을 움츠렸다.

마나 크리스털이 모두 모인 덕에 최악의 경우 자신의 소멸까지도 각오했던 녀석이지만, 어째 상황이 그 최악보다 더 묘하게 돌아가는 듯한 느낌이 들었던 까닭이다.

그때였다.

츠아아아아아!

시슬란의 주변이 갑자기 확 밝아졌다.

동시에 엄청난 열기가 시슬란을 덮쳤다.

"……!"

콰아아아앙!

강렬한 폭발이 공간을 찢어발겼다.

그때 이미 시슬란은 처음 있던 자리에서 멀리 떨어져 있었다. 폭발은 그에게 어떠한 타격도 입히지 못했다.

그때였다.

―보기보다 재빠르군.

굵직한 목소리와 함께 폭발로 인해 일어난 자욱한 먼지를 뚫고 거대한 형체가 나타났다.

쿵……! 쿠웅……!

그 실루엣을 알아본 시슬란의 눈빛에 경계심이 떠올랐다.

"그대는…… 아까 입구에 서 있던 석상이로군. 가디언인 가?"

―허, 가디언?

이윽고 모습을 드러낸 실루엣의 정체는 아까 자신을 광마대제라고 지칭했던 거대 석상이었다. 그는 시슬란을 향해 까딱, 고개를 기울였다.

―넌 내가 고작 가디언 따위로 보이나?

씨익 미소 짓는 광마대제의 모습은 말 그대로 '파괴'라는 단어를 순수하게 형상화시켜 놓은 듯했다.

그걸 보며 시슬란은 직감적으로 깨달았다.

'가디언도, 부활의 사도도 아니다. 그렇다고 살아 있는 생명체도 아니야. 대체 정체가 뭐지?'

하지만 그는 분명한 사실 한 가지만은 명확하게 깨달을

수 있었다.

'강적이다.'

상대는 결코 방심을 허용하지 않을 만큼 강력한 존재임이 분명했다.

그때였다.

광마대제의 커다란 덩치 뒤로 비슷한 외양에 덩치가 조금 더 인간적인(?) 다른 석상들이 속속 모습을 드러내기 시작했다.

─아이고, 대장! 이러다가 우리 숨넘어가겠소!

─좀 같이 가면 어디 덧납니까요?

─아, 진짜! 대장 때문에 살아 있을 때도 살이 쏙 빠지도록 뛰어다녀야 했는데, 지금까지도 이래야 되는 거야?

정확히 108명인 석상 전사들은 저마다 투덜거리면서도 반원의 대형을 그리며 시슬란을 둘러쌌다. 겨우 산적으로나 보일 법한 외모와는 반대로 엄청나게 숙련되고 일사불란한 움직임들이었다.

하지만 시슬란은 그들에게 반응할 틈이 없었다.

정면에서 자신을 쏘아보는 광마대제의 기세에 맞서기 위해 힘을 끌어 올리고 있었기 때문이다.

쿠구구구구……!

시슬란과 광마대제 사이에 저절로 파동이 일었다. 마나

크리스털로부터 나오는 진동이 무색해질 정도로 격렬한 기세의 충돌에 천장에서 돌 조각들이 부스스 떨어졌다.

하지만 곧이어 그 파동이 멎었다.

둘의 힘의 충돌이 완벽하게 균형을 이루었기 때문이다.

광마대제가 파안대소했다.

—허허, 이 새끼 봐라?

"……."

—야, 너.

"……."

시슬란은 대답하지 않았다. 아니, 대답할 수가 없었다. 그야말로 온 힘을 다해야 광마대제와 균형을 맞출 수 있었기 때문이다.

하지만 그와 대조되게 광마대제는 약간의 여유를 가지고 있는 모습이었다.

—너, 대체 누구냐? 대답해 봐라. 누구이기에 마나 크리스털을 다 모은 거냐? 혹시 수시아가 시킨 건가? 아니면 너, 혹시 샨 그놈의 후손이냐?

샨?

시슬란이 눈을 가늘게 떴다. 그러다가 이내 그의 눈이 커졌다.

샨 대제? 설마 루나티카 황실의 시조, 샨 대제?

그 순간이었다.

거구의 유령, 광마대제 크라갈의 영령이 한쪽 입술을 씨익 말아 올렸다.

그것은 너무나도 호쾌해 보이는 웃음이었다.

동시에 그 무엇보다 난폭한 미소이기도 했다.

—너 이 새끼, 맞구나?

투파학!

"······!"

자각할 틈도 없이 시슬란의 전신이 뒤로 튕겨 날아갔다.

한순간에 세상이 뒤집힌다.

일순 멍해진 의식으로 그는 생각했다.

'대체 어떻게 된 거지?'

그 생각 직후, 강렬한 충격이 등을 강타했다. 숨이 턱, 하고 막혔다. 그제야 시슬란은 자신이 튕겨 날아갔고, 그래서 석벽에 등이 처박혔다는 사실을 깨달았다.

그때였다.

—정신 안 차릴래? 엉? 너 그러다 정말로 아무것도 못 해 보고 뒈진다?

위엄이 넘치는, 그러나 그에 어울리지 않는 불량한 말투.

광마대제가 시슬란 앞에 불쑥 모습을 나타냈다. 그는 대처할 틈도 없이 시슬란의 멱살을 틀어쥐었다.

—날 부활시킨 건, 나와 놀아 줄 준비가 되었다는 뜻이겠지? 크하하하!

　콰아앙—!

　"……!"

　그것은 말 그대로 폭력이었다.

　바닥에 틀어박힌 시슬란은 그대로 광마대제의 엄청난 주먹세례를 받아 내야 했다.

　'이건…….'

　정상적인 힘이 아니다. 그림자를 일으켜 단단히 방어를 하는데도 팔이 부러질 듯이 아팠다.

　게다가 어떻게 된 일인지 시슬란은 광마대제의 그림자를 조종하거나 속박할 수가 없었다. 그런 시도를 하려 할 때마다 찬란한 빛이 광마대제로부터 쏟아져 나와 그림자의 힘 자체가 무력화되었다.

　이런 건 처음 있는 일이었다.

　그런 와중에도 시슬란이 침착하게 방어하자 광마대제는 더욱 흥을 냈다.

　—어쭈구리, 막았네?

　자욱하게 일어난 흙먼지 사이로 보이는 시슬란의 모습이 아직 멀쩡했다. 그게 광마대제를 더욱 자극했다.

　하나, 시슬란도 가만히 있지만은 않았다.

샤아아아……!

그의 눈빛이 번득이는 순간, 사방에서 불길한 환영처럼 그림자가 일어났다. 그림자는 그를 중심으로 엄청난 넓이의 지하 공간을 뒤덮었다. 아니, 지배해 갔다. 광마대제도, 그를 따르는 전사들의 영령도 그림자에 완전히 둘러싸였다.

시슬란은 그림자로 그들을 짓눌러 버렸다.

콰지직!

섬뜩한 소리가 울려 퍼졌다.

시슬란의 입가에 차가운 미소가 맺혔다.

하지만 다음 순간.

—아 씨, 이게 진짜!

난폭한 외침과 함께 눈앞이 환해졌다. 황금빛 물결, 아니, 엄청난 양의 빛이 쏟아져 나와 사방을 잠식하던 그림자를 밀어냈다.

그 중심에 광마대제가 있었다.

—이놈 이거, 진짜 샨의 후손이 맞구먼? 엉? 이 정도로 그림자를 다루는 건 아무리 그놈의 그림자 민족이라 해도 적통의 로열블러드가 아니면 절대 불가능할 테니 말이다. 하지만…….

성큼성큼 걸음을 내딛는 광마대제의 주위로 모든 물질들이 이글거리며 녹아내리기 시작했다. 천장의 흙이 녹아서 표면이 유리가 되어 버릴 정도였다. 그는 빛의 중심이었다. 태양, 그 자체였다.

숨 막히는 열기.

그 속에서 시슬란은 온 힘을 다해 열기를 막아 냈다.

광마대제가 피식 웃었다.

—너무 약해. 샨의 직계가 맞나 싶을 정도로 한심해. 아무리 내가 지닌 힘이 네놈 일족의 극상성이라 해도 샨은 이렇지 않았어. 왜인지 아나?

"……"

시슬란은 대답하지 못했다. 자칫 말을 하기 위해 입을 열었다간 폐까지 타버릴 것 같았기 때문이다.

그 모습을 감상하듯 바라보며 광마대제가 이죽거렸다.

—간단해. 그놈은 겁나게 천재였거든. 그래서 허구한 날날 패고 다녔지. 고작 두 살 많은 걸로 끝까지 어른 대접을 받으려 했고. 그게 억울했지만, 그래도 어쩔 수 없었단 말이야. 왜냐고? 니미, 저항해 봤자 신 나게 털릴 수밖에 없었거든. 그래서 내가 은근히 쌓인 게 많았거든? 게다가 말이다. 내가 그 수시아 망할 계집에게 홀려서 그만 세상을 뒤집어엎으려고 했는데 말이다, 그때 잘나가던 내 주리를 틀어 버린 놈이 바로 그 샨이었단 말이다. 그때 놈이 내 육신을 파괴하고 이 석상 속에 봉인해 버렸지. 조각낸 내 영혼은 마나 크리

스틸에 나눠서 담아 버렸고. 알았냐? 이게 바로 네놈이 오늘 내 손에 죽어야 할 이유다. 네가 내 봉인을 풀었음에도 내 손에 죽어야 할 이유!

그의 말이 끝나는 순간이었다.

투확!

빗자루로 쓸리듯 시슬란의 그림자가 일시에 쓸려 나갔다. 흔적도 없이 사라졌다. 시슬란의 눈이 휘둥그레졌다. 그땐 이미 광마대제의 바위 같은 주먹이 그의 복부를 강타하고 있었다.

콰앙!

"……!"

강한 타격에 속이 뒤집히다 못해 정신마저 아득해진다. 몸 전체가 튕겨져 오른다. 문득, 루나티카에서 부왕에게 혹독한 단련을 받던 어린 시절이 떠올랐다. 그때도 이런 느낌을 자주 받았었다. 그래, 매일같이 혹사당하고 저녁이면 먹은 음식을 모두 게워 냈었지. 그러다가 가끔씩은 피도 토하고.

하지만 아무도 도와주지 않았다. 혼자서 이겨 내고 고통을 감수하는 것이 당연하다는 것처럼. 그래서 원망도 많이 했다. 이따위 황족, 로열블러드, 모두 집어치우고 그냥 평범하게 살고 싶다고도 생각했었다.

하지만 그에게는 다른 길이 없었다. 피할 수도 없었다. 어느 날 단련을 받다가 피를 한 사발이나 토해 내던 중에 한 가지를 깨달았다. 그리고 그날, 그는 그동안 아예 마왕처럼 느껴졌던 부왕을 처음으로 압도하였다.

'그때 알았던 것……'

아득해지는 의식 너머, 기억을 파헤친다.

—크하핫! 이제 포기한 거냐?

마왕처럼 달려드는 광마대제가 보였다. 그의 모습이 어린 시절 보았던 부왕의 모습과 겹쳐 보였다.

꽈드득!

시슬란은 주먹을 쥐었다.

그래, 그때 나는…….

다음 순간, 그는 이글이글 불타는 광마대제의 품속으로 뛰어들었다. 화르륵, 머리칼이 타오르며 끔찍한 열기가 달려들었다.

반대로 그의 눈빛은 한없이 냉정하게 가라앉아 있었다.

—어?

광마대제가 저도 모르게 얼빠진 소리를 내었다.

그리고 이내 눈을 부릅떴다.

이놈이, 무슨?

샤아아아아!

시슬란의 전신에서 이전과는 전혀 다른 성격의 그림자가

치솟아 올라 광마대제의 전신을 휘감았다.

맹독을 품은 그림자.

베놈이었다.

# 4장.

## 무저갱으로의 추락

## 1

샤아아아아악—!

시슬란의 주위에서 와락 일어서는 그림자를 본 순간 광마대제는 소름이 돋는 것을 느꼈다.

'이놈, 위험하다!'

불길한 보랏빛이 배어 있는 그림자는 한눈에 보기에도 불길하고 꺼림칙했다. 게다가 기세도 이전의 그림자와 전혀 달랐다.

—크하앗!

광마대제의 전신에서 불길이 피어났다.

그를 향해 달려들던 그림자가 빛에 밀려 순식간에 뒤로

물러났다.

하지만 그 속에 깃들어 있던 베놈의 독기는 아니었다.

치아아악!

열기와 독기가 부딪쳐 짙은 수증기를 피워 냈다.

수증기가 광마대제를 순식간에 감싸 버렸다.

치이익…….

대리석으로 만들어진 광마대제의 몸체 곳곳에서 작은 거품이 피어나기 시작했다. 끔찍한 독성 때문에 대리석마저 녹아내리는 것이었다.

—감히!

푸확!

광마대제가 양팔을 떨쳐 내자 그의 몸에 달라붙어 있던 베놈의 수증기가 사방으로 폭발하듯 밀려났다. 광마대제의 입가에 난폭한 웃음이 피어났다.

하지만 그는 시슬란을 잠깐 잊고 있었다.

투콱!

시슬란의 팔꿈치가 광마대제의 관자놀이를 후려쳤다. 원래 박투를 달갑지 않게 여기는 시슬란이었지만 그 위력은 보통이 아니었다.

광마대제의 커다란 머리가 통째로 젖혀졌다.

—크으? 이놈이!

광마대제가 반격을 시도하려는 순간이었다.

그때 이미 시슬란의 한 손이 광마대제의 정수리에 얹어져 있었다. 그건 즉, 시슬란의 손바닥과 광마대제의 머리 사이에 걷어 낼 수 없는 그림자가 생겨났다는 뜻이었다.

샤아아아!

손바닥에 의해 드리워진 그림자가 광마대제의 정수리를 붙잡았다.

일점으로의 압축.

강맹한 일격!

쩌엉―!

손바닥과 정수리는 여전히 붙어 있었지만 그 사이에서 그림자가 미친 듯이 날뛰며 정수리에 깊숙한 충격파를 꽂아 넣었다.

그 공격이 계속되었다.

쩌엉! 쩌억! 쩌적! 쩌어엉―!

―크, 크어아아!

광마대제가 비틀거리며 머리를 흔들었다.

하지만 시슬란의 손바닥은 달라붙은 듯 그에게서 떨어지지 않았다.

쩌엉! 쩌저적!

마침내 광마대제의 정수리에 실금이 생겨났다. 균열이

점점 커졌다.

—크아악!

쩌저적! 콰직!

광마대제의 머리가 박살 나고 말았다. 머리를 잃은 거대한 몸뚱이는 몇 번 비틀거리는가 싶더니 털썩, 무릎을 꿇었다. 그러고도 전의를 잃지 않았는지 두 팔을 잠시 허우적거렸다.

하지만 힘 빠진 주먹질도 몇 번이 한계였다.

머리 잃은 거구가 쾅, 하는 요란한 소리와 함께 바닥에 뻗어 버렸다.

흙먼지가 고요한 침묵 속에 휘날렸다.

제일 먼저 반응을 보인 건 108명의 석상 전사들이었다.

—헐, 대장님 가셨네.

—그러게.

—그럼 우린 어쩌냐?

—어쩌긴! 이제부턴 내가 대장이다!

—네놈이 무슨 자격으로? 내가 대장이다!

—웃기지 마라! 진정한 대장은 나다!

—아니다! 나다! 내가 제일 키 크잖아!

—나는 코가 크다!

—그럼 덤벼 보든가!

—우라아아아!

때 아닌 대장 쟁탈전, 자중지란이 일어났다.

"……."

약간 거칠어진 숨을 고르며 시슬란은 그 어처구니없는 난투극을 바라보았다. 우두머리가 당했으니 복수를 하겠다고 달려들 거라 생각했는데, 이건 전혀 생각도 못한 촌극이나 다를 바 없었다.

하지만 그가 생각도 못한 진짜 상황은 따로 있었다.

—동작 그만! 누가 대장이라고?

"……!"

머리 잃은 광마대제의 묵직한 음성이 울린 순간, 시슬란은 곧장 경계 태세를 취했다.

한편, 저마다 대장이 되겠다며 난투극을 벌이던 108 전사들은 모두 약속이나 한 듯 주먹질과 발길질을 딱 멈추었다.

그리고 모두가 바라보는 가운데 광마대제의 거구가 몸을 일으켰다.

쿠드득, 쿠드드득…….

천천히, 육중하게 일어나는 대제의 주변으로 부서진 머리 조각이 두둥실 떠올랐다. 그리고 잘린 고목 줄기처럼 남았던 목 위로 모여들어 뭉쳤다.

쿠드득! 콰드드득!

순식간에 머리가 재생되었다.

—애송이, 이번 공격은 제법 참신했다. 설마하니 그림자에 독을 심고 그걸 함정으로 사용할 줄은 몰랐네그려.

좌우로 목을 풀며 광마대제가 씨익 웃었다.

전혀 타격을 받지 않은 모습이었다.

그가 시슬란을 향해 성큼성큼 걸어왔다.

—그리고 네놈, 샨의 후손이라면 확실히 로열블러드가 맞겠지? 나와 똑같은……. 그렇지 않나?

"……."

시슬란은 점점 더 긴장했다.

이토록 강한 상대가 있을 줄은 상상도 못했다.

바로 앞에까지 다가온 광마대제가 시슬란을 내려다보며 씨익 웃었다.

—그럼 결국 넌 내 적이란 소리다. 이 아쉬움은 먼 옛날이나 지금이나 다를 바가 없구먼.

"……아쉬움?"

의외의 말에 시슬란이 처음으로 광마대제에게 반문했다.

광마대제의 쓴웃음이 짙어졌다.

—로열블러드만 아니었어도 좋은 사이가 될 수 있었을 거란 기분 말이다.

"로열블러드……. 그대도? 그대는 대체 누구지?"

―알 거 없다. 어차피 이제 네놈은 죽어서 내게 힘을 흡수당해야 할 처지이니 말이다. 루나티카로 도망친 네놈의 조상이나 네놈은 알지도 못하겠지만, 그게 로열블러드의 운명이라는 거다. 마지막 하나가 남을 때까지 서로를 잡아먹어야 완성되는 운명이지. 크하하하! 그럼 잘 가라.

슈화악!

광마대제의 전신에서 불꽃이 피어났다. 말 그대로 그의 몸 전체가 이글거리는 태양이 된 것 같았다.

샤아아아아!

시슬란이 사방에서 그림자를 끌어모았지만 광마대제에게는 영향을 미칠 수가 없었다. 스스로 빛을 내고 있기에 그림자가 그에게 접근조차 할 수 없는 까닭이었다. 심지어 베놈의 독성마저도 끔찍한 열기에 흔적도 없이 증발되어 버렸다.

하지만 시슬란은 물러나지 않았다.

황가의 일원으로 자라나며 그의 뼛속까지 각인된 하나의 본능.

'등을 보이지 않는다.'

때론 무모하더라도.

때론 가망이 없더라도.

함부로 등을 보이지 말아야 한다.

쉽게 등을 보이는 자는 아무도 따르려 하지 않는 법이기에. 그렇기에 등을 보이지 않아야 할 책임과 무게가 자신의 어깨에 걸려 있다고 배워 왔고, 그렇게 살아왔다.

시슬란은 그림자 없이 맨몸으로 광마대제의 돌격에 맞섰다.

콰아앙—!

"……!"

단 한 번의 충돌에 전신이 요동쳤다.

뼈가 으스러지지 않은 것이 다행일 정도였다.

이를 꽉 물었다.

다시 한 번!

투확!

시슬란의 몸이 통째로 날아가 벽에 틀어박혔다.

숨 막힐 것 같은 충격이 전신을 관통했다.

광마대제는 기회를 놓치지 않았다.

—끝이다!

벼락처럼 날아든 그가 시슬란의 얼굴을 향해 거대한 주먹을 내뻗었다.

시슬란은 이미 저항할 힘을 거의 잃어버린 상태였다.

하지만 투지는 꺼지지 않았다.

샤아아아아!

남은 모든 힘을 쥐어짜 낸 그림자가 폭발적으로 일어나 광마대제의 앞을 가로막았다. 그리고 그의 주먹과 정면으로 충돌했다.

쩌어엉—! 화악!

충돌.

그림자가 순식간에 빛에 밀려났다.

그 충격으로 인한 반발력이 시슬란의 몸을 더욱 깊이 벽면에 박아 버렸다.

—크아아아!

광마대제의 다음 일격이 쇄도했다.

이제 시슬란에겐 그를 막을 수단이 없었다.

그때였다.

"시슬란 님!"

시슬란의 품속에서 제피가 뛰쳐나왔다.

그리고 순식간에 초거대 골렘으로 변신했다.

하지만 제피는 변신을 시작하던 도중에 광마대제의 주먹에 격파당하고 말았다.

—쿠오오오오! 컥!

변신이 취소되었다. 제피는 실 끊어진 인형처럼 날아가 구석에 처박혔다.

하지만 시슬란의 품속에 있던 가디언은 제피만이 아니었다.

─삐이이익!

아시우트가, 아쿠아로스가, 그리고 다른 가디언들이 시슬란의 품을 박차고 나와 일제히 광마대제를 향해 달려들었다. 그들로선 당연한 선택이었다. 시슬란이 죽고 마나 크리스털의 행방이 불투명해지면, 그들의 생사도 함께 불투명해지기 때문이다.

그러나 가디언들의 분투와 용기는 시도만 가상했을 뿐, 시슬란마저도 감당하기 어려웠던 광마대제의 힘을 감당하기엔 애초부터 역부족이었다.

콰앙! 콰지직! 콰드득!

연속된 광마대제의 난폭한 공격에 가디언들은 별 힘을 못 쓰고 모조리 격퇴되었다.

─어딜 감히!

광마대제의 전신에서 피어난 불꽃이 더욱 강렬해지더니 두 눈을 시퍼렇게 빛내며 시슬란을 향해 최후의 일격을 날렸다.

시슬란은 입술을 깨물며 자신을 향해 날아오는 광마대제의 불길을 바라보았다.

후회가 되었다.

루나티카에서도, 솔라리스에서도 지금까지 누군가에게 패배한 적은 없었다. 오히려 혼자서 솔라리스 전체를 정복하기까지 해버렸다.

'어쩌면 그래서일지도.'

절로 쓴웃음이 나왔다.

자만했던 거다.

이 정도면 대적할 자가 없을 거라는 터무니없는 자만심을 자신도 모르게 품고 있었던 거다.

그래서 이런 곳에서, 이렇게 상상을 초월하는 상대를 덜컥 만나게 될 줄은 꿈에도 몰랐다. 적어도 자만심을 가지지 않았다면 여러 안전장치를 마련했을 텐데 그러지도 않았다.

'어쩌면 이 패배는 당연한 것이었을지도……'

그렇게 시슬란이 뒤늦은 후회를 곱씹던 순간이었다.

"끼야아아악—!"

찢어지는 괴성 같은 기합과 함께 위쪽에서 커다란 철검이 광마대제의 일격에 부딪쳐 왔다.

갑자기 나타난 상대를 알아본 시슬란의 눈이 커다랗게 떠졌다.

'야니카?'

철검을 휘두르며 나타난 사람은 바로 야니카였다.

어디서 다쳤는지 전신에 피 칠갑을 하고서, 숨을 헐떡이며, 그러면서도 자신의 안위는 생각지도 않고 광마대제의 일격에 무모하게 맞선 것이다.

퍼엉!

광마대제의 일격과 부딪친 철검이 폭발하듯 박살 났다. 하지만 야니카는 물러나기는커녕 광마대제의 공격 앞에 자신의 몸을 내밀었다.

'무슨 짓을!'

경악한 시슬란이 황급히 남은 힘을 짜내어 약간의 그림자를 일으켰다. 그리고 야니카를 휘감아 자신 쪽으로 끌어당겼다.

시슬란이 야니카를 돌려세워 자신의 몸으로 가렸다.

그리고 광마대제의 일격이 그의 등에 작렬했다.

콰지직!

"······!"

강맹한 충격파가 전신을 관통했다.

그가 박힌 곳을 중심으로 벽면에 커다란 균열이 급속도로 번져 갔다.

투툭, 투두둑! 쩌적!

순식간에 벌어진 일이었다.

균열은 생긴다 싶은 순간 이미 커다랗게 벌어졌고, 그 뒤로 시커먼 공간이 드러났다. 벽면을 이루는 암석 뒤에 빈 공간이 있었던 것이다.

벽에 박혀 있던 시슬란의 등 뒤가 갑자기 허전해졌다. 충격력에 밀린 그가 자연히 벽면 안쪽의 공간으로 튕기듯 밀려났다.

투확!

—……어?

시슬란의 숨통을 끊지 못했단 걸 깨달은 광마대제가 멈칫했다. 뒤쪽의 벽이 부서지면서 오히려 시슬란에게 가해진 충격이 줄어들었단 사실을 뒤늦게 깨달은 것이다.

—크으!

광마대제는 열기를 끌어 올렸다.

하지만 그 순간 중력이 시슬란을 도왔다.

벽면 뒤쪽에 입을 벌리고 있던 한없이 깊은 무저갱이 시슬란을 아래로 끌어당겼다. 그의 미간을 노리고 날아들던 대제의 공격은 간발의 차이로 그의 머리 위를 스쳐 지나가 커다란 자국만을 벽면에 새겼다.

—망할!

광마대제가 혀를 차는 사이, 시슬란은 야니카와 한 덩이가 되어 끝없는 어둠 속으로 추락하고 말았다.

## 2

강렬한 바람이 인다.

너무나 강하게 불어오는 바람은 마치 커다란 비명 소리처럼 귓가에 고함을 질러 댄다. 무언가가 연달아 터지는 것처럼 다른 어떤 소리도 들을 수가 없을 지경이었다.

시슬란은 정신을 잃은 야니카를 끌어안은 채 여전히 추락하는 중이었다.

끝이 없는 무저갱, 어둠 속을 향하여.

'대체 이 아래의 끝은 어디일까.'

문득 그런 생각이 들었다.

무리도 아니었다.

광마대제와의 격전 끝에 패배하여 이 무저갱으로 떨어진 것이 벌써 한참 전이었다. 그때부터 시작된 추락이 지금까지도 이어지고 있었다. 얼추 느낌으로 대강 잡아도 1분 이상 계속해서 낙하하고 있는 것이다.

그 때문일까.

추락이 계속될수록 무저갱 아래쪽에서 불어오는 바람은 서늘한 것에서 점점 뜨끈한 것으로 바뀌어 가고 있었다. 그리고 이제는 거의 뜨겁다, 라고 말할 정도로 달아올라 버렸다.

얼마나 깊은 것일까.

하지만 하나만큼은 확실히 알 수 있었다.

이 아래가 깊으면 깊을수록 자신이 살아날 확률이 기하급수적으로 사라질 거란 사실을.

'이렇게 손 놓고 있을 수만은 없겠군.'

누적된 타격 때문에 현기증이 일었지만 지금은 그걸 핑계 삼을 때가 아니었다. 마지막 순간에 맞은 상처가 깊긴 하되 치명상까진 아니었다. 출혈이 있긴 하지만 지혈하면 된다.

하지만 이대로 한없이 떨어진 끝에 바닥에 내리꽂힌다면? 절대 살아남지 못할 것이다.

'일단 추락 속도를 늦춰야……'

주변을 관찰했다. 어둠 속에서 빠르게 흘러가는 풍경으로 짐작컨대, 이곳은 수직으로 뚫려 있는 구멍이었다. 어둠에 구애받지 않는 시각을 지닌 그는 사방에 붙잡을 돌출물이 거의 없다는 걸 똑똑히 알아볼 수 있었다.

'잡을 곳이 없다. 다른 수단이 필요해.'

저 아래에서 언제 바닥이 툭, 하고 모습을 드러낼지 몰랐다.

그는 즉시 그림자를 불러일으켰다.

샤아아아…….

힘이 빠진 그림자는 극히 미약한 물리력을 지니고 있을 뿐이었다. 그래도 그는 실망하지 않고 앵커를 꽂듯 그림자를 양옆의 벽면에 박아 버렸다.

카가가가각—!

암석이 불똥을 튀겼다.

하지만 속도는 거의 줄지 않았다. 그림자에 실을 수 있는 물리력이 너무나 줄어 버린 탓이었다.

몇 번을 더 시도했지만 결과는 마찬가지였다.

게다가 그는 지금 기력이 너무나 빠져 그림자 속에 몸을 깃들이거나 자신의 위치를 옮길 수도 없었다.

저절로 얼굴에서 핏기가 가시는 느낌이 들었다.

'이대로 가면 정말로 끝이다.'

절망하기엔 이르다. 그는 아직 방법이 많을 거라고 스스로를 설득했다.

그러다가 문득 뭔가가 떠올랐다.

'장미의 맹약!'

그림자를 쓰는 것보다 효율과 위력이 떨어져서 요즘 거의 사용하지 않고 있지만, 단검 장미의 맹약을 쓰는 것에는 장점이 하나 있었다.

바로 외부의 마나를 끌어모아 장미의 맹약을 통해 변형

시켜 사용하는 특성 덕분에 시슬란 본인의 힘이 많이 소모되지 않는다는 점이었다.

그리고 그 특성은 지금처럼 그가 탈진한 상황에서는 더없이 매력적인 것이었다.

그는 품에서 꺼낸 장미의 맹약 손잡이를 쥐고 마나를 움직였다. 손잡이 안에 내장된, 맹약의 주인임을 증명하기 위한 영상 마법진이 발동하기 시작했다.

시슬란은 거기서 마법진의 흐름을 인위적으로 바꾸었다.

하지만 그때, 저 밑에서 드디어 바닥이 보이기 시작했다.

바닥에는 시커먼 종유석이 비죽비죽 치솟아 있었다.

마치 사나운 맹수의 송곳니가 달려드는 것처럼 들쭉날쭉한 무저갱의 바닥이 급속도로 가까워졌다.

'기회는 단 한 번!'

시슬란은 바닥을 노려보며 정신을 집중했다.

이 상황에서 연습이란 존재할 수 없었다.

단 한 번의 기회, 그것에 모든 것을 걸 수 있을 뿐이었다.

달려드는 무저갱의 바닥.

질끈 눈을 감는 시슬란.

진땀이 배어 나오는 손아귀로 맹약의 손잡이를 부서져라 움켜쥔다. 모든 의지와 호흡, 그것들이 한 덩어리로 섞여 마나라는 이름으로 탈바꿈된다. 마나는 손잡이 속의 마법진에서 변형을 거친다. 영상을 만들기 위한 에너지는 순수한 파괴의 힘으로 변모한다. 이어지는 응축. 한 점이 될 때까지 모으고 또 모은다. 한없는 압축. 난폭한 에너지는 모이고 모여 면이 되고 선이 되더니 마침내 점이 된다.

"……!"

그 순간 시슬란이 눈을 떴다.

어느새 바닥은 눈앞까지 다가와 있었다.

그중에서도 가장 날카로운 종유석 기둥이 그의 몸을 꿰뚫기 직전이었다.

바로 그때, 장미의 맹약을 쭉 내뻗었다.

일점!

점으로 모인 에너지가 해방되었다.

점은 선이 되고, 선은 면이 된다.

그리고 면은 공간으로 변모해 난폭한 야수처럼 폭발했다.

콰아아아앙―!

장미의 맹약에 응축된 마나가 한꺼번에 터지며 종유석을 날려 버렸다. 그뿐만이 아니었다. 강력한 반발력이 시슬란을 옆으로 밀어내 버렸다. 덕분에 수직으로 떨어지던 그는 이제 수평으로 튕겨 나갔다.

하지만 다음이 더 중요했다.

"⋯⋯!"

그의 속도는 아직까지도 엄청나게 빨랐다. 단지 수직으로 떨어지던 것에서 힘의 방향이 수평으로 바뀌었을 뿐.

곳곳에 기둥처럼 서 있는 종유석들이 앞을 가로막았다. 저들 중의 하나라도 부딪치면 돌이킬 수 없는 결과가 찾아오리라.

타타타탁!

발을 놀린다.

정면으로 달려드는 종유석을 발로 차고 양손으로 밀어내며 힘을 옆으로 흘렸다. 그러기를 연달아 여섯 번. 마침내 종유석이 빽빽하게 모인 자리를 무사히 통과했다.

그러자 비교적 평평한 바닥이 드러났다.

콰당탕탕!

몸을 둥글게 말았다. 동시에 일부러 몸을 회전시켜 충격을 최대한 분산시켰다. 덕분에 그는 야니카를 끌어안은 채 스무 바퀴나 구른 뒤에야 바닥에 대자로 누울 수 있었다.

"크으윽⋯⋯!"

목숨은 건졌지만 온몸에서 엄청난 통증이 밀려왔다.

하지만 그는 웃었다.

"크윽⋯⋯ 큭큭큭!"

어쨌건 살았다.

그게 중요한 것 아니겠는가.

다만 그의 상태는 심각했다.

광마대제에게 당한 상처에서 생긴 출혈은 아직도 멎지 않은 상태였다.

게다가 방금 장미의 맹약으로 폭발을 일으킬 때의 반발력 때문에 오른 어깨가 완전히 탈구되어 버리고 말았다. 또한 마지막엔 바닥을 구르면서 전신에 타박상과 미세 골절이 생겼다. 삐어서 퉁퉁 부어오른 관절도 많았다.

하지만 이렇게 누워서 죽음을 기다릴 수는 없다.

그럴 거였으면 이처럼 악착같이 살아남지도 않았다.

시슬란이 가장 먼저 한 일은, 억지로 힘겹게 몸을 일으킨 것이었다. 계속 누워 있다간 정신을 잃을 것 같았기 때문이다.

그는 자기 자신과 야니카에게 회복 마법을 사용하려다가 멈칫했다.

장미의 맹약이 망가져 있었다.

무리한 폭발 때문에 칼날은 흔적도 없이 사라져 버렸고, 손잡이도 뭉그러졌다.

혹시나 싶어서 마나를 모아 주입했지만 반응이 없었다.

완전히 기능을 상실한 것이다.

회복 마법도 쓸 수 없는 상황.

그러나 시슬란은 쉽게 체념하지 않았다.

우두둑!

우선 탈구된 어깨를 끼워 맞췄다. 소름이 돋을 만큼 아팠다. 게다가 관절은 한 번에 맞춰지지도 않았다. 몇 번 덜그럭거린 후에야 겨우 제자리를 잡았다.

단지 어깨를 끼워 맞춘 것만으로도 그의 온몸은 이미 진땀으로 푹 젖고 말았다.

하지만 아직 갈 길이 멀다.

샤아아…….

작은 그림자 조각을 일으켜 출혈이 심한 몇 군데를 막았다. 그리고 코트를 찢어서 만든 임시 붕대로 그 위를 묶었다. 큰 효과는 기대할 수 없겠지만 그래도 출혈은 무조건 막아야 했다.

그렇게 응급처치를 한 시슬란은 야니카의 상태를 살폈다. 다행히 예상대로 치명상은 보이지 않았다. 다만 전신 곳곳에 칼날에 베인 듯한 상처들이 새겨진 것이 마음에 걸렸다.

'아까 자신을 광마대제라 부른 석상에게서 입은 상처가 아니야. 그럼 그 전에 다쳤다는 건데, 과연 누구에게…….
설마 탐사대가 누군가의 습격을 받았나?'

아마도 그럴 것 같다고 시슬란은 생각했다.

그러자 가디언들도 걱정이 되었다.

"제피와 나머지 가디언들은 무사할까……."

광마대제와의 마지막 순간, 그를 막기 위해 목숨을 도외
시하고 나섰던 제피와 가디언들이 떠올랐다. 그들의 안위
가 걱정되었다. 그리고 한편으론 그들을 그런 상황에 몰리
도록 만든 자신에게 화가 났다.

'나를 믿고 따랐던 수하들을 또다시 사지로 몰아넣었구
나. 락토르, 넌 지금 날 어떤 표정으로 바라보고 있느냐.'

루나티카에서 자신을 살리기 위해 대신 목숨을 버린 호
위 무사 락토르가 떠올랐다.

그러자 여기서 손 놓고 죽음을 기다릴 수 없단 생각이 더
욱 강렬해졌다.

"어쨌건 여길 나가야 해."

그는 비척거리면서도 꿋꿋하게 일어섰다.

시슬란은 고개를 들어 자신이 떨어져 내려온 무저갱을
올려다보았다.

빛은 보이지도 않았다.

이곳은 얼마나 깊은 지하일까.

감히 짐작도 되지 않았다.

'이곳으로 올라갈 수 있을까?'

깊이야 어찌 되었건 그래도 밖과 연결된 가장 확실한 길이다. 시슬란은 당장 암벽을 타듯 수직 통로를 올라가기 위해 자리를 잡았다.

그런데 그때였다.

딱딱, 끼리릭……

무언가 이상한 기계음이 위쪽에서 울리기 시작했다.

그러더니…….

철컹! 철컹! 철컹!

수직 통로 옆쪽에서 철판이 튀어나와 통로 자체를 막아 버렸다. 게다가 철판은 한 장이 아니었다. 저 위쪽에서부터 수십 장이 몇 미터 간격으로, 수십 겹으로 통로를 봉쇄하고 만 것이다.

시슬란은 멍한 얼굴로 아예 막혀 버린 수직 통로를 쳐다보았다.

지금 남은 그의 힘으로 철판 한두 장은 몰라도 수십 겹은 절대 뚫을 수 없다. 게다가 그걸 하나하나 다 어느 세월에 뚫는단 말인가.

"이런……."

아무리 봐도 저건 인공적인 장치였다.

그렇다면 여기가 자연적인 장소가 아닌, 누군가에 의해 계획되고 만들어진 장소란 뜻이리라.

'설마 부활의 사도?'

어쩌면 그들이 미리 계획한 함정일지도 모른다고, 아니, 그 추측이 맞을 거라는 생각이 들었다.

어쨌건 가장 확실한 탈출구를 어이없게 잃고 만 상황에, 얌전하고 고상한 그조차 자신도 모르게 험한 말을 내뱉고 말았다.

"젠장."

하지만 그는 여전히 좌절할 생각 따윈 없었다.

'다른 길이 있을 거다. 절대 포기해선 안 돼.'

그에게는 해야 할 일이 있다.

루나티카로 돌아가 실추된 황실의 권위를 되찾아야 한다.

그런데 루나티카로 돌아가기는커녕 이곳 솔라리스의 이름도 모를 어둑한 지하에서 비참한 꼴로 죽어 갈 수는 없는 노릇이었다. 만약 그랬다간 너무나 억울해서 죽고도 눈을 감지 못하리라.

'반드시 출구를 찾아야 해.'

그는 절뚝거리며 주변을 관찰했다.

그나마 다행스러운 건, 이곳이 갇힌 공간이 아니라는 점이었다. 종유석이 빽빽하게 솟은 지대를 지나자 작은 광장 같은 공간이 드러났고, 광장은 기다란 동굴로 이어져 있었다.

그렇게 동굴을 걷던 도중이었다.

'으음?'

무언가 사사삭거리는 소리와 함께 그의 앞쪽에서 무언가가 빠른 속도로 바닥을 기어 지나갔다. 자세히 관찰해 보니 그것은 동굴에 서식하는 커다란 벌레였다.

그런데 그 모양이 무척이나 기괴했다.

키에에엑!

소름 끼치는 비명과 함께 즉각 시슬란을 향해 달려드는 벌레의 머리는 사람의 것이었다. 피눈물을 흘리며 입을 벌리고 절규하는 그 모습에 절로 소름이 돋았다.

빠각!

반사적으로 올려친 주먹에 맞은 놈은 끼낑거리며 어둠 속으로 달아났다. 그제야 식은땀이 주르륵, 등줄기로 흘러내렸다.

'저건……. 역시 위쪽에 있던 마나홀의 영향인가 보군.'

그때였다.

어둠 속으로 달아나던 괴생물체 앞에 무언가 둥근 실루엣이 모습을 드러냈다. 그리고 피할 틈도 없이 괴생물체를 덮쳐 버렸다.

와드득!

둥근 실루엣으로부터 무언가를 씹는 소리가 들렸다. 아까 시슬란에게 달려들었던 벌레가 신음을 흘리며 으깨졌다.

하지만 그 소리는 지친 시슬란이 감지하기엔 너무나 작았고, 벌레를 먹어 치운 둥근 실루엣은 미행하듯 시슬란을 뒤따랐다. 놈은 시슬란이 듣지도 못할 정도의 미세한 소리를 냈다.

딱딱.

그러자 동굴 천장에서도 기이한 소음이 울리기 시작했다.

끼리릭…….

그것은 앞서 수직 통로를 막아 버린 철판이 발동하던 때의 소리와 무척이나 흡사했다.

5장.

용암굴

## 1

철컹!

둔탁한 금속성 소음이 터진 것은 그야말로 순식간의 일이었다.

그와 함께 엄습해 온 저릿한 기분!

"······!"

시슬란은 반사적으로 몸을 숙였다.

공기 찢어지는 소름 끼치는 음향과 함께 날카로운 무언가가 머리 바로 위쪽을 스치고 지나갔다. 은빛 섬광. 고개를 돌려 보니 화살 세 발이 벽에 박혀 부르르 떨리고 있었다.

'함정?'

하지만 그건 그야말로 시작에 불과했다.

이번에는 발밑이 쑥 꺼졌다.

철커덩!

"큭?"

깊은 함정과 그 아래에 비죽비죽 솟은 송곳들이 모습을 드러냈다. 발 디딜 곳을 잃은 시슬란의 몸이 순식간에 아래로 쑥 딸려 들어갔다.

하지만 부상을 입은 상태라 해도 이따위 단순한 함정에 쉽게 당할 그가 아니었다.

수직으로 낙하하던 도중임에도 그는 벽을 연달아 박차 위로 올라왔다.

그리고 동굴 저편에서 자신을 노려보는 커다란 '눈'을 보았다.

'……저건 뭐지?'

'눈'을 본 시슬란이 처음으로 떠올린 생각이었다.

허공에 둥둥 떠 있는 둥근 물체.

크기는 사람 머리 두 배 정도.

딱 그 정도 크기의 눈알이 허공에 둥둥 떠서 그를 노려보고 있었다.

시슬란은 기민하게 기억 속을 뒤졌다. 언젠가 로젠 백작가에서 본 어떤 몬스터 도감이 생각났다.

'이블아이(Evil-eye)?'

어두운 동굴, 혹은 지하에 서식하는 놈들로서 끔찍한 외형과 달리 높은 지능을 가지고 있는 생물. 그러나 지금은 멸종되어 찾을 수 없는 생물이라고 도감은 밝히고 있었다.

그런데 이곳 지하에 이블아이가?

그때였다.

딱딱.

이블아이가 이빨 부딪는 듯한 소리를 냈다.

그 직후.

피피핑!

천장에서 미세한 독침이 비처럼 쏟아져 내렸다.

간신히 몸을 피한 시슬란은 저 이블아이가 함정을 조종하고 있음을 알아차렸다.

"건방진……."

그는 쏟아지는 함정의 세례를 돌파하며 이블아이를 향해 돌진했다. 저놈만 잡으면 함정이 발동하지 않을 거라 판단했기 때문이다.

하지만 이블아이는 그의 예상보다도 훨씬 민첩했다.

휘리릭!

"……!"

놈은 너무나 쉽게 시슬란에게서 멀어졌다.

게다가 놈은 하나가 아니었다.

따닥, 딱딱! 따다닥!

동굴 모퉁이의 어둠 속에서 똑같은 모양의 이블아이 셋이 더 나타나 이빨 부딪는 소리를 냈다. 그러자 사방에 숨겨져 있던 함정들이 본격적으로 마각을 드러냈다.

철컹! 피피피핏!

꺼지는 바닥이나 기습적으로 날아오는 화살은 애교에 불과했다. 아무것도 없던 동굴 벽이 갑자기 열리면서 무려 대포가 불을 뿜었다. 사방에서 독을 품은 안개가 터져 나와 숨을 쉴 수도, 눈을 뜰 수도 없도록 만들었다. 그런가 하면 찢어지는 듯한 소음이 귀를 쩌렁쩌렁 울리며 감각을 뒤흔들었다.

그사이에도 화살과 독침, 창이나 검 등의 무기가 교묘한 사각만을 노리며 날아왔다.

촤라라락!

만일 시슬란이 루나리언이 아닌 보통의 인간이었다면 벌써 열 번은 넘게 죽었으리라.

하지만 그는 달랐다.

'보인다……!'

희미한 불빛조차 없음에도 그가 지닌 루나리언의 시각은

어둠 속에서 모든 공격을 꿰뚫어 볼 수 있었다.

게다가 비록 지금은 힘이 빠졌다곤 하지만 그림자를 적절하게 사용해 자신의 모습을 순간적으로 흐트러뜨리거나 환영을 만드는 정도는 가능했다.

덕분에 순간적으로 시슬란과 그림자를 헷갈린 이블아이들이 엉뚱한 목표를 노리곤 했기에 치명적인 공격들은 피해 내면서 피해를 최소화할 수 있었다.

그럼에도 동굴의 한 모퉁이를 지나는 동안 그의 온몸은 다시 피 칠갑을 한 꼴이 되어 버렸다.

야니카를 보호하면서 움직이기가 그렇게 만만치는 않았다.

'이렇게 가다간 끝이 없겠군.'

지금도 사방에서는 이블아이들이 연달아 이빨 따닥거리는 소리를 내고 있었다.

놈들이 그 소리를 낼 때마다 가장 피하기 곤란한 타이밍과 각도에서 예상하지 못한 자리의 함정이 발동되어 매번 시슬란을 곤경에 빠뜨렸다. 마치 거대한 야수의 배 속 소화기관 안에 들어온 음식물이 된 듯한 기분마저 들 지경이었다.

'우선 저놈들부터 잡아야.'

그때부터였다.

시슬란은 자잘한 타격을 받는 것을 무릅쓰며 조금 더 과감하게 움직이기 시작했다. 때문에 함정 하나를 지날 때마다 그의 온몸에서 핏줄기가 퍼퍽거리며 튀어 올랐다. 하지만 그 덕분에 이블아이 한 놈을 잡을 수 있었다.

콰지직! 키엑!

허리 높이로 날아드는 칼날을 피하며 회전력을 실어 뒤꿈치로 놈을 내리찍었다. 놈은 처절한 비명을 남기고는 그대로 터져서 바닥에 젤리처럼 퍼져 버렸다.

"후우⋯⋯."

그나마 얼마 남지 않은 체력에 급격히 움직이니 금방 머릿골이 핑핑 울릴 정도로 힘들었다. 하지만 요령을 알았다. 그는 남은 세 마리도 마저 처리할 요량으로 더욱 저돌적으로 함정을 돌파해 나갔다.

이전까지는 네 마리가 지시를 내리다가 이제는 셋만 남은 상태. 그럼에도 함정의 발동 속도는 전혀 떨어지지 않았다.

아니, 오히려 위기를 느낀 놈들이 더욱 빨리 이빨을 부딪쳐 대니 시슬란은 더더욱 아슬아슬하게 위기와 죽음을 넘나들어야 했다.

하지만 이미 그는 함정들의 패턴을 파악했다.

키에에엑!

한 마리.

꾸에엑!

또 한 마리.

그의 추격에 잡혀 두 놈이 연달아 바닥에 퍼질러진 젤리 신세가 되어 버렸다.

이제 남은 놈은 하나.

키이이익!

안 되겠다 판단했는지 이제 놈은 이빨 소리로 함정을 발동시키는 대신 본격적인 도주를 선택했다.

샤아아!

그림자 일부가 놈의 몸통을 순간적으로 붙잡았다.

아주 잠깐이었지만 그 정도로도 충분했다.

퍼어억, 키익!

뒤통수에 일격을 허용한 놈이 공처럼 튕겨 날아갔다. 하지만 타격이 약했는지 앞의 놈들처럼 죽지는 않았다. 대신 놈은 걸음아 날 살려라, 허둥지둥 도주했다.

시슬란은 그 뒤를 추격했다.

사실 방금 먹인 일격도 죽지 않을 정도로만 때린 것이었다. 놈이 도망가는 곳에 이곳을 빠져나갈 단서가 있을 것 같은 느낌이 들었기 때문이다.

그렇게 얼마나 놈의 뒤를 밟았을까.

수많은 모퉁이를 돌고 종유석을 지나쳐 마침내 도착한 장소는 지하의 가장 깊은 곳에 있는 드넓은 공동이었다. 곳 곳의 바닥에 깊이를 알 수 없는 컴컴한 균열이 새겨져 있 고, 중앙에는 수백 년을 묵은 나무만큼이나 굵은 석주가 바 닥과 천장을 잇고 있는 장소였다.

그리고 그가 도착한 반대편에 또 다른 통로가 보였다.

시슬란이 그곳으로 가려던 때였다.

이곳까지 도망쳐 온 이블아이가 구슬프게 울어 댔다.

그러자 공동 곳곳의 바닥에 새겨진 깊은 균열에서 비슷 한 응답이 들려오기 시작했다.

키익……! 키이익……! 키킥……!

'무슨?'

다음 순간, 시슬란은 이 장소가 생각보다 훨씬 위험한 공 간이었음을 실감했다. 요란한 소리와 함께 바닥의 균열에 서 수백 마리의 이블아이들이 쏟아져 나왔기 때문이다.

놈들은 모습을 드러내자마자 일제히 따닥거리며 요란한 이빨 소리를 냈다.

동시에 지하 공동이 마각을 드러냈다.

콰지직!

공동의 천장이 움직였다.

"……!"

거대한 육식동물의 아가리 속에 들어온 기분.

그랬다.

이블아이들이 나서자마자 지하 공동은 정말로 커다란 동물의 아가리처럼 움직이기 시작했다.

천장과 바닥에 비죽거리며 솟아 나온 종유석은 이빨.

울퉁불퉁 요동치는 바닥은 탐욕스러운 혓바닥.

단단한 천장은 빠져나갈 수 없는 입천장이자 감옥.

바닥이 요동치고 천장이 쉴 새 없이 움직인다.

쾅!

굉음과 함께 바닥이 치솟아 천장에 충돌한다. 종유석이 그 사이에 낀 모든 물질을 씹고 으깨고 분쇄했다.

"······!"

시슬란은 간신히 몸을 빼냈다. 조금만 반응이 늦었다면 수십 마리의 이블아이들과 함께 피 곤죽이 되어 버렸을 것이다. 소름이 돋기에 앞서 손발이 축축하게 차가워지는 기분이었다.

하지만 그에게 여유란 주어지지 않는 사치였다.

쾅! 콰지직! 콰득! 콰직!

지하 공동은 집요하게 그를 노리며 턱을 '우물거렸다'.

그때마다 시슬란은 황급히 몸을 피하는 수밖에 없었다.

그가 있는 지하 공동, 이 공간 자체가 적이 되어 버린 상황. 이런 형태의 적이 나타나리라곤 상상도 못했던 그였다. 당연히 처음에는 대응 방법이 떠오르지 않아 당황하였다.

하지만 그것도 잠시.

"그래, 날 씹어 먹고 싶다 이건가?"

계속 위기에만 몰리다 보니 시슬란의 눈빛에도 독기가 피어났다.

반대편에 있는 통로가 어디로 통하는지는 모르겠지만, 적어도 바깥과 연결되어 있을지도 모른다는 희망은 아직 남아 있었다.

그런데 이 공동 전체가 앞을 막아서는 것도 모자라 자신을 씹으려 들고 있으니, 시슬란도 더는 물러날 생각이 사라졌다.

그럼 이쪽에서는?

순간 시슬란이 떠올린 것은 과거 루나티카의 황실에서 겪었던 유년 시절의 향수였다.

사실 어린 시절의 그는 편식이 심했다.

지금이야 어떤 채소도 가리지 않고 잘 먹는 채식주의자 루나리언의 모범이지만, 그때는 과일이라면 손도 대지 않았다. 당시의 그에게 어쩐지 과일은 너무나 끔찍하게 느껴졌다. 특히나 속에 가시가 있는 루아자 열매는 더더욱! 언젠가 그 열매를 먹다가 입천장을 호되게 찔린 이후로는 한

동안 쳐다보지도 않았다.

시슬란은 뾰족한 가시가 입천장을 푹 찌르던 당시의 끔찍했던 고통을 아직도 잊지 않고 있었다. 아니, 그건 평생 잊을 수가 없는 싫은 경험이었다.

그래, 그 고통을 그대로 돌려주면 된다.

그의 입가에 사악한 미소가 피어났다.

'먹기 까다로운 음식이 되어 주마!'

그는 곧바로 그림자를 일으켰다.

샤아아아……!

그의 명령을 받고 일어난 그림자는 주변의 종유석보다도 훨씬 뾰족한 모습을 하고 있었다.

그 순간, 지하 공동이 그를 씹기 위해 다시 움직였다.

하지만 시슬란은 일부러 그걸 피하지 않았다. 자신이 씹히기 직전까지 기다렸다가 간발의 차이로 몸을 빼냈다. 물론 자신이 있던 자리에 세워 둔 그림자는 그대로 두고서.

콰아아앙! 푸욱.

천장과 바닥이 충돌하는 굉음 속에 뾰족한 그림자가 천장을 찌르는 소리가 함께 들렸다.

*2*

'효과가 없나?'

공동에는 별다른 반응이 없었다. 아무 일도 없다는 듯 태연히 다시 아가리를 벌리고 시슬란의 위치를 가늠했다.

그때 시슬란은 똑똑히 보았다. 자신이 남긴 그림자가 공동 천장에 깊숙하게 박혀 있었다.

딱딱거리는 이블아이들의 잇소리가 요란한 가운데, 또다시 공동의 천장과 바닥이 움직였다.

그런데 아까와 그 분위기가 뭔가 달랐다.

그오오오오……!

육중한 낮은 음향이 공동에 울렸다. 동시에 입천장과 바닥이 쉴 새 없이 들썩거렸다. 마치 몸을 부르르 떠는 것처럼. 분명 놈은 아파하고 있었다.

시슬란은 비로소 확신했다.

'효과가 있다.'

그랬다.

정말로 효과가 있었다.

공동을 화나게 하는 효과가.

콰아아아아앙—!

"……!"

공동이 이전보다 더욱 거칠게 움직였다.

시슬란은 급히 몸을 피하면서 다시 그림자를 남겼다.

푸욱.

그림자는 또다시 작은 바늘처럼 공동의 천장에 박혔다.

그러기를 여러 번.

마침내 시슬란은 지치고 말았다.

무리도 아니었다.

심한 부상을 입고 이 무저갱에 떨어진 후 아직까지 제대로 된 치료도, 휴식도 취하지 못했다. 거기다가 이블아이를 비롯한 함정 지대를 돌파하느라 악전고투를 벌이며 이곳까지 왔다. 그 탓에 그는 지쳐 있었고, 거기에 더해 한계를 넘어서 움직이는 중이었다.

그런데 그가 한 무리한 행동이 의외의 효과를 내고 있었다.

그르르르……!

이제 공동은 더 이상 움직이지 않고 가만히 있었다. 그를 씹기를 주저하고 있는 것이다.

입속의 까다로운 음식을 두고 어찌 씹을지 고심하는 야수.

독기를 풀풀 흘려 내며 결사적으로 저항하는 먹잇감.

둘은 기묘한 대치를 이어 나갔다.

뚝, 뚝…….

시슬란은 팔뚝에 흐르는 피를 털어 내며 주변을 살폈다.

어느새 이블아이들의 요란한 잇소리도 멎었다. 놈들은 눈알의 커다란 홍채를 축소시키며 시슬란을 뚫어져라 주시하고 있었다. 마치 빈틈을 노리는 박쥐처럼.

대치는 오래가지 않았다.

시간을 끌어 봤자 자신에게 좋을 것이 하나도 없음을 잘 아는 시슬란이 먼저 움직였다.

동시에 이블아이들이 소리치듯 잇소리를 냈다.

딱, 따다닥!

공동이 움직였다.

콰아앙—!

그를 씹기 위해서라기보단 앞을 막는 듯한 움직임이었다.

시슬란은 자신을 막아선 석주 줄기들을 재빨리 피하며 전진했다.

이 지하 공동과 이블아이 무리는 더는 시슬란을 막을 수 없는 것처럼 보였다.

그때였다.

화아아악!

돌연 등 뒤편에서 끔찍한 열기와 함께 화염이 쏟아져 나와 시슬란을 덮쳐 갔다.

"……!"

시슬란은 화염을 피하기 위해 반사적으로 몸을 돌렸다.

그것이 실수였다.

화아악!

눈알을 태울 듯한 빛과 열기!

이미 긴 시간 동안 빛 한 점도 없는 동굴 속 어둠을 종횡무진 했던 그였다. 당연히 그의 동공은 어둠에 적응하기 위해 최대한으로 벌어져 있었다. 게다가 그는 루나리언. 어둠속에서 그의 눈동자는 극히 희미한 빛도 수천 배로 증폭시켜 받아들임으로써 앞을 볼 수 있게 해준다.

그러나 그러한 특성은 지금 이 순간, 그에게 돌이킬 수 없는 타격을 주고 말았다.

"크으윽!"

간신히 화염 줄기를 피했지만 그는 망막에 화상을 입고 말았다. 억지로 눈을 떠보았지만 시야는 빠른 속도로 캄캄해질 뿐이었다.

그렇게 흐려지는 시야 사이로 천천히 거리를 좁혀 오는 이블아이 무리가 언뜻 보였다. 그리고 자신을 씹어 먹기 위해 으르렁거리고 있는 공동의 움직임도 느껴졌다.

'이대론 가망이 없다.'

죽음이 실감 나게 다가오고 있었다.

순간 그는 번민했다.

이대로 맞서다가 죽을 것인가, 기회를 살필 것인가.

그때였다.

"으음……."

품에 안긴 야니카가 고통스럽게 신음했다.

그 소리, 그녀의 존재를 깨닫는 순간 시슬란은 결심을 굳혔다.

그는 시야가 어둠에 물들기 직전 주변을 재빨리 살폈다. 마침 아까 이블아이들이 쏟아져 나온 바닥의 커다란 틈새가 보였다.

시슬란은 곧장 그쪽으로 뛰었다.

딱따다닥!

이블아이들이 발작적으로 잇소리를 냈다.

쿠구구구!

공동이 그를 씹기 위해 움직였다.

하지만 짓눌린 쥐포가 되기 직전, 시슬란은 야니카와 함께 틈새로 몸을 던졌다.

아래에 무엇이 있는지, 안전할지는 그도 몰랐다.

이건 완벽한 도박이었다.

어쩌면 허무하게 죽을 수도 있겠지만, 운이 좋다면 몸을 추스를 시간과 공간을 얻을 수도 있으리라.

콰아앙!

공동의 거대한 아가리가 맞물렸다가 다시 벌어졌다.

하지만 그곳에 시슬란과 야니카의 시체는 없었다.

다만, 어지럽게 퍼진 균열만이 시커먼 틈새를 벌리고 있을 뿐이었다.


## 3

바닥의 균열.

그 틈은 생각보다 엄청나게 깊었다.

그리고 뜨거웠다.

화아악!

저 아래에서 불어오는 열풍.

용암의 열기.

시슬란은 살이 익어 버릴 것 같은 기분을 느꼈다. 아니, 실제로도 열풍에 노출되는 것만으로 옷깃이 바스락거리며 타올랐다. 살도 익었다.

하지만 다행히도 그에게는 피난처가 있었다.

그는 균열 아래의 수직 벽에 자연적으로 생겨난 바위틈

속으로 몸을 우겨 넣었다. 살갗에 닿는 바위조차도 끔찍하도록 뜨거웠지만 피부를 익혀 버릴 정도까진 아니었다.

그는 남은 힘을 짜내어 그림자를 일으켜 바위틈 입구에 막을 둘렀다. 그러자 겨우 숨을 쉴 수 있을 정도로 온도가 낮아졌다.

"후우, 조금 살 것 같군."

하지만 그는 경계심을 완전히 풀지는 않았다. 지금 그는 일시적으로 시력을 상실한 상태. 눈이 낫기를 기다릴 수밖에 없는 상황이다. 그런데 만약 이 뜨거운 열기에도 아랑곳 않고 이블아이들이 자신을 추격해 내려온다면?

'그땐 정말로 목숨을 내놓고 싸울 수밖에.'

그는 바위틈 밖의 동향에 촉각을 곤두세우며 열기로부터 야니카를 보호하기 위해 꽉 끌어안았다.

키익, 키이익!

킥킥!

이곳저곳에서 날카로운 외침 소리가 들려왔다.

바로 이블아이들이 서로 대화를 나누는 소리였다.

'그러고 보니 아까도 여기에서 저것들이 쏟아져 나왔었지. 여기가 놈들의 서식지인가?'

그의 추측은 맞았다.

이블아이들은 둥둥 떠다니는 특성상 이곳 수직 균열 안

을 마음대로 다닐 수 있었다. 또한 저 아래 용암의 강에서 올라오는 끔찍한 열기에도 내성을 지닌 것처럼 보였다. 놈들은 뜨거운 열탕 속으로 아무렇지도 않게 나다녔으니까.

게다가 놈들의 수는 징그러울 정도로 많았다.

키키키키!

키이익! 키익킥!

이따금씩 놈들이 우르르 몰려다니다가 근처로 올 때면 귀가 따가울 지경이었다.

하지만 이곳 균열 아래에서 반나절이 지나자 그런 청각의 고통은 그야말로 사치에 불과한 것으로 전락하고 말았다. 더욱 절실한 고난이 그를 엄습해 왔기 때문이다.

"으음……."

꼬르륵.

배가 고프다. 목이 마르다.

어찌 보면 굉장히 단순한 문제였다.

하지만 이보다 더 심각한 문제는 없었다.

배고픔이야 어찌 참을 수 있었다.

하지만 목마름은?

이 뜨거운 열기가 가득한 공간에서 그는 이미 많은 땀을 흘렸고, 신체의 수분을 빠르게 상실하고 있는 중이었다. 그 탓에 반나절도 지나지 않아 몸이 회복되기는커녕 오히려 탈진하고 말았다.

그는 상황의 심각성을 인정했다.

'물도, 식량도 없다. 어떻게 하지?'

당장 눈이 회복될 기미가 보이는 것도 아닌 상황.

그야말로 총체적 난국이었다.

그때였다.

키이이익!

어떤 이블아이 한 마리가 바위틈 바로 앞을 지나치며 소리를 빽 질렀다. 그 탓에 신경이 곤두서 있던 시슬란은 무의식중에 반응하고 말았다.

"……!"

샤아아아! 콰직!

발작적으로 일어난 그림자에 꿰뚫린 이블아이 한 마리가 버둥거리며 비명을 질렀다.

크에에엑!

그제야 시슬란은 자신이 무슨 짓을 했는지 깨달았다.

'큰일 났다.'

조금만 있으면 비명을 듣고 다른 놈들이 몰려오리라.

그렇다면?

시슬란은 즉각 놈을 끌어당겨 단번에 숨통을 끊어 버렸다. 그제야 주위가 잠잠해졌다.

잠시 후, 다른 놈들이 눈알을 뒤룩거리며 근처를 서성였지만 별다른 이상한 점을 찾지 못하고 돌아갔다.

가슴을 쓸어내리는 시슬란의 손에는 여전히 죽은 이블아이의 사체가 들려 있었다.

질질질…….

죽은 이블아이는 젤리처럼 녹아내리고 있었다.

시슬란은 손바닥으로 그 찝찝한 감각을 느끼며 의외의 사실을 깨달았다.

먹을 것도, 마실 것도 없는 상황.

눈이 언제 나을지 기약도 없는 현재.

그래서 얼마나 더 버텨야 할지도 모르는 지금.

그의 손에 어쩌면 먹을 수도 있는 '무언가'가 잡혔다.

하지만 그는 육식을 해본 적이 없는 루나리언.

게다가 이블아이는 먹고 싶은 생각이 절대로 들지 않게 생겼다.

"……."

긴 고민이 이어졌다.

시슬란은 표정을 일그러뜨렸다가 이를 갈았다가 고개를 흔들었다.

그렇게 반복하길 수차례.

'그래도…… 살아야 한다.'

차라리 지금 눈이 안 보이는 상황이 다행이란 생각을 했다. 그리고 자기 자신을 향해 속삭였다.

'그래, 이건 녹즙이다. 약간 걸쭉한 녹즙이야!'

시슬란은 눈을 질끈 감고 젤리 같은 이블아이의 사체를 후루룩 마셨다.

물컹물컹. 끈적끈적.

억지로 그걸 삼켰다.

꿀꺽.

그 직후.

"음?"

뒤늦게 느껴지는 의외의 감각.

시슬란은 저도 모르게 중얼거렸다.

"이거, 엄청나게 맛있군."

그는 순수하게 감탄했다.

이블아이는 생긴 것과 달리 당근 주스 비슷한 맛이 났다.

절박한 상황이 만들어 낸 의외의 발견이었다.

그는 남은 이블아이의 체액을 야니카의 입에도 흘려 넣었다. 덕분에 시슬란과 야니카는 당장의 갈증을 해결할 수 있었다.

게다가 이블아이의 효용성은 그걸로 끝이 아니었다.

*4*

후루루룩.

쫀득쫀득, 후루루루루룩!

먹는다. 마신다.

시슬란은 기회가 되는 대로 이블아이를 사냥했다.

이블아이는 예상외로 맛있었다.

쫀득쫀득할 뿐만 아니라 한 마리만 먹어도 몇 시간을 거뜬히 버틸 만큼 속이 든든해졌다.

하지만 여기까지는 일반적인 음식의 용도.

이블아이의 활용도는 그런 보통의 범주를 벗어났다.

척척척.

시슬란은 먹고 남은 이블아이의 사체를 연고를 바르듯 자신의 상처에 발랐다. 광마대제에게 당한 부상, 그리고 그 이후 이곳 지하에서 얻은 자잘한 수많은 상처까지.

이블아이의 젤리 같은 사체는 상처에 닿자마자 순식간에 스며들었다. 그러자 쓰라린 통증이 사라졌다. 뿐만 아니라 자잘한 상처들은 얼마 지나지 않아 말끔하게 나아서 새살이 돋아났다.

이블아이는 먹거리일 뿐만 아니라 훌륭한 치료제도 되는

셈이었다.

덕분에 시슬란은 기아와 목마름을 해결하면서 상처도 치료할 수 있게 되었다. 다만 아쉽게도, 눈은 어쩐 일인지 다른 곳보다 회복이 조금 느렸다.

한편, 야니카 또한 이블아이 연고 덕분에 빠른 속도로 회복되어 정신을 차렸다.

"여긴…… . 시슬란 님?"

"쉿, 조용히."

깜짝 놀라 몸을 일으키는 야니카를 향해 시슬란이 경고했다.

"큰 소리를 내면 놈들이 들어."

"네?"

엉겁결에 목소리를 낮춘 야니카는 주변을 둘러본 뒤에야 어느 정도 상황을 깨달았다. 물론 제대로 모든 걸 이해한 건 아니었지만.

"대체 어떻게 된 겁니까? 여긴 대체…… ."

"설명하자면 복잡해."

시슬란은 혼자서 마나홀을 해체한 일부터 그 뒤로 광마대제와 맞닥뜨린 일, 그와의 대결 이후 이곳 지하에서 벌어진 모든 일들을 설명했다.

"그대는 어쩌다가 혼자 돌아왔던 거지? 그리고 그대가

입었던 상처들은 뭐지? 다른 탐사대원들은?"

"그건……."

기억을 떠올린 야니카가 아랫입술을 깨물었다.

"저도 복잡합니다. 혼란스럽고……. 말씀드리자
면……."

야니카의 설명이 이어졌다.

6장.

데블아이를 사냥하다

## 1

촤학!

거검이 춤을 춘다.

그때마다 흩날리는 눈발 사이로 검과 손톱이 충돌하며 맹렬한 불꽃을 튀겼다.

캉! 카캉! 카카카칵!

"치익!"

야니카는 거칠어진 숨을 고르며 뒤로 물러났다. 그녀는 갑자기 돌변한 세 탐사대원의 공격에 수세에 몰려 있었다.

탐사대원들은 생각보다 훨씬 강력했다. 게다가 1미터까지 늘어난 그들의 손톱은 그녀의 검으로도 끊어 낼 수 없을 만큼 질기고 날카로웠다.

'대체 정체가 뭐지?'

야니카는 혼란스러운 얼굴로 세 탐사대원의 공격을 간신히 피해 냈다. 아무리 상대가 셋이라곤 하지만 자신이 이토록 수세에 몰릴 줄은 생각 못했던 까닭이었다.

사실 지금의 그녀는 예전 로젠 백작령에 스카나족이 침공했을 때보다 한 단계 성장한 실력을 갖추고 있었다. 단순한 변경의 최강자 수준을 벗어나 세상에 알려진 검사 중에서도 백 명의 리스트 안에는 들어갈 실력이 되었다.

그런데도 세 명을 상대 못해서 쩔쩔매다니, 스스로도 기가 막힐 지경이었다.

하지만 현실은 현실.

곧 그녀는 지금 상황을 수긍했다.

'단순해. 그만큼 저놈들이 강하다는 거, 그거밖에 없어.'

야니카는 그렇게 스스로를 타일렀다.

혼란스러워하지 말라고, 눈앞의 싸움에 집중하자고.

그리고 언제까지나 수세에 몰려 있지 말자고!

"끼야아아악!"

쭉 뻗어 오는 손톱 한 줄기를 검으로 튕겨 내며 땅을 박찬 그녀는 반 바퀴 휘돌린 검을 앞쪽 지면에 꽂았다. 그리고 튕겨 내듯 위로 베어 버렸다.

퍼석!

반쯤 굳어 있던 지면의 얼음과 눈이 폭발적으로 튀어 올라 탐사대원의 얼굴에 뿌려졌다. 순간적으로 시야를 잃은 탐사대원이 옆으로 비켜섰다.

그 순간, 야니카의 거친 수평 베기가 탐사대원의 허리를 강타했다.

푸화악!

"크엑!"

허리가 절반이나 뜯긴 탐사대원이 선혈과 비명을 내지르며 쓰러졌다.

물론 야니카도 그 대가를 치러야 했다.

푸푸푹!

"크윽!"

남은 두 탐사대원이 그녀를 공격했고, 놈들의 손톱이 야니카의 등과 어깨를 후려쳤다. 두꺼운 방한복이 단숨에 찢어지며 솜털이 허공에 흩날렸다. 야니카의 피로 물든 붉은 솜털이었다.

하지만 야니카는 거기서 주춤하거나 멈추지 않았다.

상처를 신경 쓰지도 않았다.

그녀는 곧바로 옆으로 몸을 굴렸다. 마침 두 탐사대원은 손톱으로 그녀를 벤 직후라 멈칫거리고 있었다. 공격이 성공한 데에서 오는 방심 탓이리라.

야니카의 내면에서 검사의 본능이 외쳤다.

'바로 지금!'

몸을 굴린 그녀는 그대로 지면에서 반쯤 일어나며 거검을 횡으로 크게 휘둘렀다.

"키이?"

미처 예상치 못했던 반격에 두 탐사대원이 깜짝 놀랐다.

그러나 이미 피하기엔 늦었다.

카앙!

한 놈이 급한 대로 손톱을 이용해 거검을 막아 냈다.

덕분에 막는 데에는 성공했지만, 낮은 궤도로 날아오는 육중한 검을 허리를 숙여 급히 막아 내는 바람에 균형을 잃어버렸다.

게다가 바닥은 미끄러운 얼음이었다.

쿠당탕!

놈이 넘어졌다.

야니카가 다시 바닥을 굴러서 놈의 몸 위로 올라탔다.

어느새 그녀의 한 손엔 단검이 쥐어져 있었다.

프각!

단검이 놈의 목을 헤집었다.

야니카는 그대로 계속 몸을 굴려 자리를 벗어났다.

"키! 키에에에엑!"

탐사대원이 목에 단검이 박힌 채 발작적으로 사지를 버둥거렸다. 피가 사방으로 푹푹 튀어 올라 설원에 기묘한 무늬를 새겨 갔다.

그사이 몸을 일으킨 야니카는 남은 한 놈을 향해 달려들고 있었다.

카앙! 카아앙! 카카칵!

상대는 이제 하나였지만 야니카도 지치고 상처 입었다.

싸움은 격렬했고, 막상막하였다.

까아앙!

"크윽!"

거센 충돌 끝에 야니카가 한 발짝 물러섰다. 그녀는 고통스러운 얼굴로 다친 어깨를 떨었다.

"캬악!"

기회를 잡은 탐사대원이 더욱 거칠게 그녀를 몰아쳤다.

야니카의 얼굴이 창백해졌다.

충돌할 때마다 상처가 점점 벌어지고 있었다.

그녀는 계속 물러났다.

탐사대원은 점점 더 공격에 열중했다.

카아앙!

"헉?"

검이 튕겨 나갔다.

야니카의 가슴과 복부가 고스란히 노출되었다.

탐사대원의 눈이 빛났다.

놈이 야니카의 심장을 향해 손톱을 내찔렀다.

승리를 확신한 얼굴로.

그러나.

카가가각!

찔리기 직전, 야니카가 미묘한 각도로 상체를 뒤틀었다. 그러자 탐사대원의 손톱이 야니카의 가슴 위에서 거친 쇳소리를 내며 미끄러졌다.

"킥?"

놈이 놀라 눈을 부릅뜨는 순간, 튕겨 나갔던 야니카의 검이 어느새 놈의 머리 위로 떨어지고 있었다.

콰직!

"……!"

거검이 놈의 머리통을 쪼개 버리는 것을 마지막으로, 싸움이 끝났다.

"후우…… 후우우……."

야니카는 거칠어진 숨을 달래며 자신의 가슴팍을 내려다보았다. 방한복의 찢어진 가슴팍 사이로 금속판이 엿보였다.

'운이 좋았어.'

사실 마지막엔 도박이었다.

심장을 보호하기 위해 방한복 안에 덧대어진 손바닥 크기의 철판. 이걸 믿고 일부러 크게 빈틈을 내보였고, 상대가 걸려들었다. 마지막 순간에 몸을 비틀어 손톱이 철판 위로 미끄러지게 유도했던 것이다.

어느 한 가지라도 실수가 있었다면 지금쯤 죽어 있는 건 탐사대원이 아니라 자신이었으리라.

그때였다.

"키이이이……! 키이익……!"

실낱같은 비명이 들렸다.

아까 단검에 목이 찔린 탐사대원이 아직도 버둥거리고 있었다.

그걸 본 야니카의 표정이 흔들렸다.

"미스토……."

그녀의 얼굴은 착잡했다. 사실 저들은 몇 달째 그녀와 함께 충실히 일했던 수하들이었다.

미운 정, 고운 정 다 들면서 지내 온, 그런 사람들이었다.

그랬던 수하들이 갑자기 인간이 아닌 것처럼 돌변하여 동료를 죽이고 자신을 기습했다니. 지금도 이 현실이 믿기지 않았다.

그녀는 한때 미스토라 불렸던 탐사대원에게 다가갔다.

미스토는 시뻘겋게 변한 눈동자로 야니카를 노려보며 미약하게 버둥거렸다.

"너, 정말로 날 못 알아보는 거냐?"

"키이이……."

"잘 가라."

푸욱!

거검으로 심장을 찌르자 미스토는 비로소 숨이 끊겼다.

그러나 야니카는 당장 검을 뽑지도, 고개를 들지도 않았다. 마치 묵념하듯, 거꾸로 쥔 거검에 매달리듯 한참이나 고개를 숙이고서 혼잣말을 중얼거렸다.

이윽고 고개를 든 야니카의 얼굴에는 눈가에서부터 턱까지 이어지는 두 줄기 얼음이 맺혀 있었다.

"탐사 기지…… 살펴봐야겠어."

그녀는 나머지 탐사대원들이 대기하고 있는 탐사 기지에서 비슷한 일이 벌어지지 않았길 바라며 걸음을 옮겼다.

눈보라 사이로 그녀의 걸음이 급해졌다.


2


"그렇게 해서 돌아간 탐사 기지는 이미 아비규환이었습니다. 총 40명의 대원 중에서 약 10여 명이 절 습격했던 자들과 같은 상태로 돌변해 있었고, 나머지 30명은……."

"몰살인가?"

"……네."

야니카의 표정이 침울해졌다.

"구하고 싶었지만 제가 도착했을 땐 모두 죽은 뒤였습니다. 남은 십여 명과 부딪쳐도 승산 없음이 너무나 명확했고……. 그래서 탐사 기지를 포기하고 시슬란 님께 돌아와……."

"날 구하려 했던 거였군. 고마워, 진심으로."

"시슬란 님……."

"일단 서로의 상처를 추스르는 데 집중하도록 하지."

"알겠습니다."

시슬란은 상황을 정리해 보았다.

'일단 나쁘진 않다. 이곳은 아직 안전하고, 상처는 나아가고 있어. 문제는 이곳을 빠져나갈 방법과 그 위에 있을 광마대제라는 석상이다.'

어쩌면 광마대제가 여전히 위에서 자신을 기다리며 호시탐탐 기회를 노리고 있을지도 모르겠단 생각이 들었다. 아니, 확실히 그럴 것이다.

'로열블러드……. 그도 자신을 그렇게 불렀는데 말이지.'

솔라리스에서 자신 외의 로열블러드를 만나게 될 줄은 꿈에도 몰랐다. 게다가 광마대제의 언행을 되짚어 생각해 보니, 자신의 조상이자 루나티카의 시초인 샨 대제를 매우 잘 아는 것 같았다.

'샨 대제와 대결을 했다고 했던가. 게다가 그는 자신을 꺾은 샨 대제가 자신의 영혼을 마나 크리스털에 봉인했다고 했어. 이건 마치……'

어디선가 들어 본 듯한 익숙한 이야기였다.

'그래, 그거다. 알카즈의 지하 사원에서 찾아냈던 샨 대제의 목판. 거기에 기록되어 있던 마신 크라갈.'

또 다른 로열블러드였으며, 신에 가장 근접했다고 기록되어 있던 마신 크라갈. 세계의 완전한 파괴를 원했던 그는 끝내 샨 대제에게 패배했다고 기록되어 있었다.

'그럼…… 혹시 아까의 광마대제가 바로 그 크라갈?'

아직까지 확신할 수는 없었다.

그러나 확실한 한 가지 사실은 있었다.

지금 다시 맞붙는다 해도 광마대제를 꺾는 건 거의 불가능할 거란 사실이었다.

시슬란은 그 사실을 순순히 인정했다.

'일단은 지금 당장 할 수 있는 것부터……. 상처를 추스르자. 차근차근……'

서둘러 봐야 달라질 것은 없다.

그렇게 스스로를 다스린 시슬란은 상처의 치료에 집중했다.


## 3

한편, 시슬란을 놓쳐 버린 광마대제는 위에서 분통을 터뜨리고 있었다.

—크으아아악! 이건 뭐냐!

그는 곧바로 시슬란을 따라 벽면 뒤의 공간으로 들어가려 했다. 하지만 커다란 덩치가 문제였다. 바위를 깨부수고 들어갔지만 통로 자체가 그의 몸이 들어가기에 너무 좁았다. 아예 새로 구멍을 파면서 내려가야 할 판이었다.

물론 광마대제는 진짜로 그런 시도를 했다.

—크후하아아압!

콰콰콰콰콰콰!

두 주먹이 보이지도 않는 속도로 빠르게 연속적으로 땅을 내리찍었다. 한 번 주먹이 꽂힐 때마다 땅이 푹푹 패었다. 그는 순식간에 십여 미터나 땅굴을 파고 내려갔다.

—내 사전에 불가능이란 없다! 크하하하하!

이 속도라면 오래 걸리지 않아 시슬란이 떨어진 곳까지 내려갈 수 있을 것 같았다.

그러나 의외의 장벽이 광마대제를 가로막았다.

떠어엉—!

난데없이 땅속에서 두꺼운 금속판이 모습을 드러낸 것이다.

—어라? 이건 뭐냐?

광마대제는 코웃음을 치며 펀치를 날렸다.

쿠우웅—!

금속판이 움푹 패었다.

다시 펀치 한 발!

콰아앙!

금속판에 커다란 구멍이 뚫렸다.

광마대제는 계속해서 주먹질을 멈추지 않았다.

하지만 몇 미터 내려가기도 전에 또다시 금속판이 모습을 드러냈다. 물론 그는 망설임 없이 주먹을 내리꽂았다.

그런데 문제는, 금속판이 끝도 없이 계속 나왔다는 것이다. 그러자 광마대제도 점점 넌더리를 느끼기 시작했다.

—망할! 내 원래 육체였다면 이런 것쯤, 한 번에 수십 장은 뚫었을 텐데.

그때 구덩이 위쪽에서 광마대제의 투덜거림을 들은 수하

한 놈이 지껄였다.

—대장님도 늙은 것이지 말입니다.

—닥쳐!

광마대제는 대리석으로 만들어진 지금의 육체를 향해 투덜거리며 다시 주먹을 내리꽂으려 했다.

그때였다.

—음?

막 주먹을 내리치려던 광마대제는 땅에 반쯤 파묻힌 목판을 발견했다. 그냥 지나치면 별것 아닌 걸로 보일 목판이었지만 묘하게 느낌이 끌리는 그런 물건이었다.

저도 모르게 주먹을 스르르 내린 광마대제는 목판이 부서질까 조심스럽게 집어 들었다.

가만히 보니 뭔가 문자가 깨알같이 새겨져 있었다.

—뭐냐, 이건? 음? 샨? 이건 그놈 글씨인데?

그가 집어 든 물건은 바로 시슬란의 품에서 떨어져 나온 샨 대제의 목판이었다.

그런데 목판의 내용을 읽어 내려가던 광마대제의 표정이 점점 팍 일그러졌다.

—니미, 망할! 샨, 이 치사한 놈이! 완전 소설을 써놨구먼, 이거! 내가 언제 그랬어? 크아아악!

광마대제는 그냥 볼 것도 없이 목판을 콱 움켜쥐었다. 목판은 퍼석, 소리를 내며 가루가 되고 말았다.

그때였다.

"키에에에……!"

광마대제가 파놓은 구덩이 위쪽에서 정체를 알 수 없는 기척들이 느껴지기 시작했다.

—여기 올 놈이 또 있었나?

수상함을 느낀 광마대제는 한 번의 도약으로 구덩이 위로 올라갔다. 그리고 이곳을 향해 어슬렁어슬렁 다가오는 십여 명의 사람을 발견했다.

—저건 또 뭐야?

인간 같긴 한데 인간과 기세나 분위기가 너무나 달랐다.

그는 잘 모르는 사실이었지만 저들은 바로 야니카를 습격했던 탐사대원들과 똑같은, 탐사 기지를 쑥대밭으로 만든 십여 명의 탐사대원들이었다.

그런데 놈들은 광마대제와 108명의 전사들을 발견하자마자 습격을 하거나 공격을 하는 대신, 그 자리에 바짝 엎드려 몸을 떨었다.

—어쭈, 저건 또 뭐하는 짓거린데?

아무리 봐도 이상한 분위기에 하는 짓까지 이해가 안 된 광마대제가 턱짓으로 수하 하나를 탐사대원들에게 보냈다.

평소에 그가 항상 오른팔로 거느리던 레오닐이라는 전사

가 탐사대원들에게 다가갔다.

레오닐이 접근하자 탐사대원들은 더욱 몸을 낮추었다. 심지어 개중에는 어깨를 부르르 떠는 놈도 보였다.

"키이이이……."

─야, 야, 고개 좀 들어 봐라.

레오닐은 어깨를 떠는 놈의 머리채를 붙잡고 고개를 확 젖혔다.

─어?

탐사대원의 얼굴을 본 레오닐의 표정이 굳었다.

그가 광마대제를 돌아보며 말했다.

─대장, 이놈들 아무래도 광마병 같은데 말입니다.

─뭐? 광마병?

광마대제의 표정도 굳었다.


4


한편, 하루 정도 틈새에서 머무르며 상처를 추스른 시슬란은 결정을 내렸다.

"이곳을 나가야겠군."

주변에 가득한 이블아이들은 바보가 아니었다.

시슬란에 의해 몇 마리가 사냥당하고 나자 놈들도 뭔가 이상하다고 생각하기 시작했는지 근처로 잘 오지 않았다. 아무래도 의심하기 시작한 것 같았다.

이대로 여기서 더 머물렀다간 놈들에게 발각될 것이고, 도망칠 곳도 없는 막다른 곳에서 궁지에 몰릴지도 모르는 일이었다.

"하지만 시슬란 님, 아직 눈이 다 낫질 않았는데……."

"그대가 나의 눈이 되어 줘야 해."

"……제가요?"

"그래."

시슬란은 자신의 계획을 이야기했다.

"내가 그대를 업도록 하지. 그럼 그대가 내게 방향을 알려줘. 그림자를 써서 그대를 옮기면 편하긴 하겠지만, 말로만 방향을 가리키는 건 너무 느려. 손으로 내 몸을 직접 두드리며 말하도록."

두 사람은 남은 이블아이의 체액을 전신에 꼼꼼히 발랐다.

이들이 이블아이의 체액으로 목욕을 하는 데에는 다 이유가 있었다.

맛있고 배부른 훌륭한 먹거리.

신기할 정도로 쏙쏙 드는 외상 치료제.

이블아이의 용도는 그 외에도 한 가지가 더 있었다.

바로 열기를 막아 주는 능력이었다.

이들의 몸을 뒤덮은 점액은 수백 도의 열기도 거뜬히 막아 주는 엄청난 성능을 지니고 있었다. 바로 아래에 용암의 강이 흐르는 이곳 환경에서 이블아이들이 서식할 수 있는 비결이 바로 거기에 있었던 것이다.

어쨌건 이블아이의 체액을 바르자 바위틈 밖에서도 전혀 열기를 느낄 수 없었다.

"정말로 안 뜨겁군요?"

야니카가 눈을 동그랗게 떴다.

원래라면 바위틈 밖으로 나가자마자 살이 정말로 익어 버릴 정도로 뜨거워야 했다. 하지만 체액을 바르자 거짓말처럼 전혀 뜨겁지 않았다. 아니, 오히려 시원함이 느껴질 지경이었다.

한층 용기를 얻은 야니카가 방향을 가리켰다.

"저쪽입니다. 다섯 걸음 거리로."

시슬란은 야니카가 알려 준 방향으로 도약했다. 열기로 가득한 좁은 균열 안에서는 조금이라도 실수를 하면 아래의 용암에 빠질 위험이 가득했다.

그렇기에 두 사람 사이의 신뢰가 가장 중요했다.

야니카는 시슬란이 그대로 움직여 줄 것이라 믿으며 방향을 알려 줘야 했고, 시슬란은 야니카가 알려 준 방향을 의심하지 않고 그대로 따라 주어야 했다.

덕분에 시슬란은 한 치의 실수도 없이 정확한 힘과 속도로 균열 내부를 달렸다. 다행히 근처에서 얼쩡거리던 이블아이들은 두 사람이 움직이는 걸 아직 깨닫지 못하고 있었다.

곧이어 균열 내부의 우묵한 곳에 감춰진 암굴이 드러났다.

시슬란은 거침없이 암굴을 내달렸다.

가끔 이블아이 서너 마리와 갑작스럽게 맞닥뜨리기는 했지만 놈들은 두 사람의 빈곤한 식량 경제에 소소한 보탬이 되었을 뿐이었다.

그렇게 서너 시간을 조심스럽게 움직였다.

그러면서 점점 이블아이와 마주치는 빈도가 늘어났다.

놈들의 서식지인 균열의 틈새와도 멀어지고 있는데 오히려 놈들의 숫자가 많아진다?

"뭔가 꺼림칙한데."

시슬란이 찜찜한 기분에 중얼거리던 순간이었다.

"어?"

그의 등에 업힌 야니카가 속삭였다.

"저기, 암굴 끝에 뭔가가 있는 것 같습니다."

"뭐?"

"커다란 바위? 아니, 그렇다고 보기엔 너무 동그란데 말입니다……."

시슬란과 달리 어둠 속의 시야가 그리 밝지 못한 야니카
는 눈을 가늘게 뜨고 암굴 끄트머리에 있는 커다란 둥근 물
체를 식별하려 애썼다.

그때였다.

휘익.

둥근 물체가 휘릭 움직이며 몸을 돌렸다. 그리고 야니카
를 빤히 마주 보았다.

수백 개의 눈동자를 굴리면서.

"헉?"

이블아이를 수십 배 부풀려 놓은 것 같은 덩치.

둥근 몸체 곳곳에 박힌 수백 개의 눈동자.

기다랗게 뻗어 있는 두 줄기 날카로운 촉수.

그제야 물체의 정체를 알아본 야니카가 외쳤다.

"데블아이(Devil-eye)?"

그녀의 외침과 동시에 데블아이가 수백 쌍의 눈을 살기로
물들이며 포효했다.

*5*

키아아아악!

날카로운 포효와 함께 데블아이의 공격이 시작되었다.

야니카가 사색이 되어 외쳤다.

"위쪽!"

"……!"

그 순간 위쪽에서 기다란 촉수 한 가닥이 채찍처럼 떨어져 내렸다.

휘리릭!

"큭?"

한발 늦게 그걸 깨달은 시슬란은 가까스로 몸을 날려 첫 공격을 피했다.

촤아악!

촉수에 맞은 돌바닥이 한 뼘이나 깊숙하게 패어 버렸다.

"이건 뭐지? 데블아이라고?"

데블아이는 시슬란도 도감에서 보지 못한 생물이었다. 야니카가 빠르게 대답했다.

"네, 데블아이. 잘 알려지진 않았지만 이블아이들의 서식지 가장 깊은 곳에는 항상 이놈이 있다고 들었습니다. 이놈이 이블아이들을 낳는다고 언젠가 들은 적이 있거든요. 그런데 이놈이 용암천이 아니라 이곳에 있었을 줄은……. 헉, 오른쪽 아래!"

데블아이의 다음 공격을 목격한 야니카가 찢어져라 고함 쳤다. 시슬란은 그녀의 말에 따라 급히 물러났다.

촤악!

오른 정강이를 스치는 타격에 그가 이를 질끈 깨물었다. 정강이가 단번에 부러질 뻔했기 때문이다.

크오오오!

두 번이나 시슬란이 자신의 공격을 피해 내자 데블아이는 독이 바짝 올랐다. 놈은 이제 아예 쉴 틈도 없이 촉수를 휘 둘러 댔다.

덩달아 야니카의 입도 바빠졌다.

"왼쪽 상단! 정면! 위! 뒤로 뛰어! 야, 밑! 아래! 꺄악, 빨리 빨리 좀 움직이세요!"

"크윽! 뭐?"

난데없는 반말과 재촉에 어처구니가 없어진 시슬란이었 지만 그 이상 티격태격할 틈도 없었다. 그녀가 데블아이의 공 격을 알려 준 덕분에 어찌어찌 겨우 피하고 있었지만 그래도 그의 움직임은 한 박자씩 느렸다. 그 탓에 시간이 갈수록 자 잘한 타격이 쌓여만 갔다.

무리도 아니었다.

눈을 다친 그는 지금 완벽한 암흑 속에 있었다.

그로서는 정말 생소한 경험이라 할 수 있었다.

"오른 상단!"

촤아악!

"큭!"

촉수에 빗맞아 비틀거리며 시슬란은 생각했다.

'그러고 보니 이런 어둠은 평생 처음이다.'

그랬다. 그는 가장 어두운 밤의 풍경도 대낮처럼 볼 수 있는 루나리언. 때문에 어둠 속에서 불편함을 겪어 본 적은 단한 번도 없었다.

하지만 지금은 달랐다.

어둠을 꿰뚫어 보는 것도 눈 자체가 멀쩡해야 가능한 일이다. 때문에 눈을 다친 그는 지금 앞이 전혀 보이지 않는, 세상에서 가장 완벽한 눈꺼풀 속의 암흑에 갇혀 버린 상태였다.

그렇게 시각에 문제가 생긴 채로 실전에 돌입하자 문제점이 그대로 드러났다.

'내가 이토록 시각에 많은 의존을 했던가?'

어둠이건 뭐건 다 꿰뚫어 보니 자연히 자신도 모르는 사이에 시각에 굉장히 많은 부분을 의존해 왔던 것이다. 시슬란은 지금에서야 그걸 자각했다.

'이대론 안 된다.'

물러날까도 생각했다.

하지만 데블아이는 그런 의도를 알아차렸는지 재빨리 움직여 퇴로를 막았다. 좁은 암굴을 저 덩치로 꽉 막아 버리니 더 이상 갈 곳도 없다.

이제는 정말로 이판사판이 된 것이다.

'시각을 제외한 다른 감각으로만 싸워야 한다.'

이가 없으면 잇몸으로.

그게 지금 자신이 해야 할 일임을 그는 깨달았다.

그때부터였다.

시슬란은 호흡을 가라앉히고 극도로 정신을 집중시켰다.

귀, 코, 피부.

상대가 내는 소리를 듣는다.

움직일 때마다 나는 냄새를 감지한다.

저릿한 투기를 피부로 받아들인다.

물론 처음에는 잘되지 않았다.

그 탓에 시슬란의 전신에는 촉수가 스치고 지나간 자국이 참혹하게 남았다. 그때마다 그의 체력이 뭉텅뭉텅 깎여 나갔다.

하지만 그럼에도 그는 포기하지 않았다. 이것만이 유일한 방법임을 잘 알기에.

"정면!"

점점 야니카의 외침도 잘 들리지 않게 되었다.

대신 어느 순간부터인가 촉수가 공기를 가르는 희미한 소리가 들리기 시작했다.

휘리릭!

"……!"

그것은 시슬란이 처음으로 데블아이의 촉수를 깔끔하게 피해 낸 순간이었다.

'됐다!'

한번 요령을 익히자 다음부터는 더욱 쉬워졌다.

아니, 시간이 지나면서 그조차 예상치 못했던 새로운 감각이 서서히 눈을 뜨기 시작했다.

'소리가…… 보인다!'

그것은 달리 표현할 길 없이, 말 그대로 소리가 보이는 듯한 감각이었다. 소리가 물체에 반사되는 움직임이 어느 순간부터 선명하게 느껴지기 시작한 덕분이었다.

키이이익!

약이 바짝 오른 데블아이의 높은 음의 포효가 그에게 더욱 큰 도움이 되었다. 놈의 포효는 좁은 암굴 속에서 쩌렁쩌렁 울리며 반사되었다. 그 반사되는 소리를 느끼며 시슬란은 주변의 지형을 순간적으로 모조리 파악했다. 촉수의 움직임도 마찬가지였다.

키이이악! 휘리릭!

놈의 포효 소리가 촉수에 난반사되었다. 현재의 위치와 각도, 모양, 심지어는 움직이는 경로까지 고스란히.

'실체를 알고 나니 생각보다 대단한 상대는 아니었군.'

제대로 촉수의 움직임을 파악하게 된 시슬란은 눈썹을 찡그렸다. 이제 와서 보니 촉수가 그리 빠른 것도 아니었던 것이다. 그런데 그동안 저 단순하고 느려 터진 공격에 애를 먹었던 걸 생각하니 절로 억울한 기분까지 들 지경이었다.

'갚아 주지.'

움직임을 파악하고 감지하게 된 이상, 시슬란에게 데블아이는 단지 덩치 크고 맷집 좋은 이블아이에 지나지 않게 되었다.

퍽! 퍼퍽! 촤학!

시슬란은 손쉽게 촉수를 피하며 데블아이에게 접근했다. 그리고는 연달아 발길질을 퍼부으며 그림자를 일으켜 놈을 깔끔하게 베어 버렸다.

키햐악?

예기치 못한 고통에 데블아이가 움찔했다.

하지만 이미 때는 늦었다.

놈은 미리 도망갔어야 했다.

촤학! 촤하학!

그림자가 번득거리며 데블아이의 온몸을 난자했다. 이제

데블아이는 맛있고 쫀득한 대형 비축 식량으로 전락할 위기에 몰려 버렸다.

키헤에엑…….

우렁차던 놈의 포효가 처절한 비명으로, 그리고 이제는 애처롭고 가느다란 신음 소리로 바뀌었다.

그러자 의외의 문제가 발생했다.

'어?'

놈이 괴성을 지르지 않자 소리의 반사가 더 이상 일어나지 않게 되었다. 그러자 그는 소리를 볼 수 없게 되었다. 한마디로 다시 앞을 못 보는 처지가 된 것이다.

휘리릭, 푸욱!

"크?"

데블아이가 발작적으로 휘두른 촉수가 우연히 그의 어깨를 푹 찔러 버렸다.

그 순간, 데블아이의 눈이 반짝거렸다.

시슬란의 약점을 깨달은 것이다!

'소리! 반사가 잘되는 높은 음의 날카로운 소리가 필요하다!'

그가 외쳤다.

"야니카!"

"네?"

시슬란의 신기에 가까운 움직임의 변화에 입을 다물고 있던 야니카가 깜짝 놀라 대답했다. 그녀는 뒤이은 시슬란의 말에 해괴한 표정을 지었다.

"뾰족하게 소릴 질러!"

"예에?"

그때였다.

휘리릭!

살의를 잔뜩 실은 촉수가 정면으로 시슬란을 찔러 왔다.

'큰일이다!'

방향도 느끼지 못하고 단지 살기를 통해 위기를 직감한 그는 이를 악물며 특단의 조치를 내렸다.

손바닥을 편다.

혼신의 힘을 모은다.

그리고.

"미안하다."

철썩!

업고 있던 야니카의 궁둥짝을 차지게 쫙 때려 버렸다.

"꺄아악!"

따끔한 통증에 깜짝 놀란 야니카가 소리를 빽 질렀다.

야니카의 외침 덕분에 잠시나마 다시 소리가 보였다.

파핫!

간발의 차이로 촉수가 스쳐 지나갔다.

시슬란의 손길을 따라 그림자가 일어났다.

"잘 가라."

서걱!

그림자로 만들어진 칼날이 데블아이의 몸을 훑고 지나갔다.

키에엑……!

단말마와 함께 놈은 무너지고 말았다.

# 7장.

## 멍석말이

## 1

한편, 같은 시간 광마대제는 깊은 고민에 휩싸여 있었다.

―그러니까 이놈들이, 우리 광마병의 후손인 것 같단 말이지?

―그런 것 같지 말입니다, 대장. 이거 보십쇼.

레오닐이 탐사대원, 아니 광마병들을 향해 돌아섰다.

―전투 준비.

촤촤촹!

레오닐의 말이 떨어지자마자 광마병들의 눈이 시뻘겋게 빛나며 손에서 1미터가량의 손톱이 쑥 솟아났다.

그 모습을 본 광마대제가 고개를 끄덕였다.

—진짜로 맞네, 광마병. 이놈들도 참 오랜만이다.

—그러게 말입니다.

—그럼 이놈들, 어떻게 지금까지 남아 있는 걸까?

—음, 제 추측으론…… 아마도 과거에 대제님을 모시던 광마병들 중의 일부가 샨의 손을 피해 살아남은 것이 아닌가 싶습니다.

—살아남아?

—예.

—하긴, 그럴 수도 있겠지.

문득 광마대제는 먼 과거를 떠올렸다.

그 시절, 광마병은 광마대제 크라갈의 병사들이었다.

지금 석상이 되어 그를 따르는 108명의 전사들이 친위대였다면, 광마병은 광마대제의 군대를 이루는 근간이라 할 수 있는 존재들이었다.

그들은 오로지 대제와 친위대의 명령만 따랐고, 싸움터에서는 어떤 전사보다도 용맹하게 싸웠다.

하지만 그런 충성과 용맹도 광마대제가 샨에게 패배하자 빛을 잃고 말았다. 샨은 대제를 잃고 허둥거리는 광마병 군단에게 자비를 베풀지 않았다.

그러나 일부, 목숨을 건진 광마병들이 있었던 모양이다.

—아마 대제께서 눈을 감으신 직후에 광마병들은 힘을

잃고 평범한 인간과 똑같은 모습이 되었을 것입니다. 호전적인 성격 또한 사라졌겠지요. 그 상태에서 살아남아 인간들의 틈에 숨어들고, 자손을 남겼을 가능성이 농후합니다.

―그럼 이놈들이 그 자손이란 뜻이고?

―예.

레오닐이 고개를 끄덕이며 덧붙였다.

―대제께서 부활하시며 그 영향으로 이놈들의 피 속에 잠재되어 있던 광마병의 본성이 살아난 것 같습니다. 어쩌면, 그 숫자는 우리의 생각보다 훨씬 많을 수도 있고 말입니다.

―잠깐! 그럼 그 뜻은 말이다, 다시 광마병 군단을 만들수도 있을 거란 이야기냐?

―그렇습니다, 대장.

―흐흐, 그래?

광마대제가 씨익 웃었다.

―그럼 일단 지하로 도망친 그 샨의 후손을 죽여 힘을 흡수한 다음에 세상에 퍼진 광마병들을 한데 끌어모아 보도록 하지. 일단 네놈들은 저 광마병과 '저것들'을 잘 지키고 있어라. 크핫하하!

광마대제가 턱짓으로 가리킨 '저것들'이란 제피를 포함한 시슬란의 가디언들이었다. 그들은 광마대제에게 패한 뒤 완전히 무력한 상태에서 포로가 되어 버렸다. 그나마 광마대제가 여섯 개의 마나 크리스털을 회수하여 가지고 있기에 아직 소멸당하지 않고 버티고 있을 뿐이었다.

광마대제는 새삼 부활하길 참 잘했다고 생각하며 구덩이로 뛰어들었다. 그리고 휘파람을 불며 바닥에 주먹을 꽂아넣었다. 연달아 내리꽂히는 주먹질마다 구덩이가 푹푹 깊어졌다.

그때였다.

쿠구구구구⋯⋯!

광마대제가 파고 있는 구덩이 아래에서 처음엔 미약하게, 나중엔 점점 더 크게 진동이 느껴졌다.

─음, 뭐지?

그래도 대제는 주먹질을 멈추지 않았다.

밑에서 뭐가 올라오건 말건, 어떤 일이 벌어지건, 자신이 다치거나 위기에 처하리란 생각은 아예 하지도 않는 그였다.

─설마 그놈이 올라오나? 그럼 더 잘됐네.

광마대제가 씨익 웃으며 주먹을 바닥에 내리꽂는 순간이었다.

푸욱!

땅바닥 대신 뭔가 물컹한 물체가 대제의 주먹에 맞았다.

—어?

광마대제가 의아함에 눈을 동그랗게 떴다.

그 순간, 물컹한 물체가 확 펼쳐지며 대제의 전신을 휘감아 버렸다.


## 2


시슬란과 야니카는 데블아이를 잡은 덕에 마침 떨어져 가고 있던 식량과 치료 약을 보충할 수 있었다. 화상 방지 연고도 마찬가지. 두 사람은 데블아이에게 입은 자잘한 상처를 치료하고 허해진 속을 채웠다.

츄릅.

"으음, 역시."

시슬란은 만족한 표정을 지었다. 혹시나 이블아이와 달리 맛이 끔찍하면 어쩌나 걱정했는데 그건 기우였다. 데블아이의 체액에서는 상큼한 사과 맛이 났다.

그런데 야니카는 조금 다르게 느꼈나 보다.

"으읍?"

시슬란이 먼저 시식하는 것을 보고 따라서 한 입 후루룩 삼킨 야니카가 얼굴을 일그러뜨렸다.

"왜 그러지?"

시슬란이 물었지만 그녀는 대답조차 못하고 거친 숨만 쌕쌕 내쉬었다. 그러기를 잠시.

"아아아악!"

입안의 것을 간신히 삼킨 야니카가 불을 토하듯 소리를 질렀다. 어느새 그녀의 얼굴은 시뻘겋게 달아올라 있었다. 이유는 단순했다.

"매, 매워요오으윽!"

"뭐?"

맵다니, 뭐가?

허겁지겁 물을 들이켜는 야니카의 모습에 이상함을 느낀 그가 다시 데블아이의 체액을 한 모금 먹었다.

.

"음?"

아까와 달랐다.

그렇다고 야니카가 말한 것처럼 죽을 것같이 매운 것도 아니요, 아까 처음 그가 먹었을 때처럼 사과 맛이 나는 것 도 아니었다. 이번에 그가 느낀 맛은 약간 쌉쌀하면서도 청량한 기운이 감도는 고급스러운 차와 비슷한 풍미였다.

"뭐지?"

같은 부위를 먹었는데도 먹을 때마다 맛이 다르다?

설마, 데블아이의 고기 맛은 복불복?

그는 시험 삼아 야니카에게 다시 한 입을 먹여 보았다. 싫다고 도리질 치는 그녀의 입을 벌리고 강제로 넣어 보니……

"우그으아으악!"

대체 이번엔 무슨 맛을 느낀 것일까.

야니카는 기괴한 괴성(?)과 함께 축 늘어져 아예 기절하고 말았다. 그런 그녀의 입에는 무려 거품까지 물려 있었다.

그렇다.

그녀는 정녕 복불복의 운이 따르지 않는 가련한 영혼이었던 것이다.

"음, 식량으로 쓰기엔 조금 그렇군. 어떤 맛이 느껴질지 도무지 짐작할 수가 없으니."

그다음부터는 시슬란도 무턱대고 데블아이의 고기를 먹지 않았다. 그도 운이 좋았던 덕분이지 다음부턴 어떤 맛을 느낄지 아무도 모르기 탓이었다.

대신 그는 데블아이의 체액을 조심스럽게 모아서 그림자 공간 속에 저장했다. 아직 어떤 효능이 있는지 잘 모르기에 충분히 연구할 가치가 있다고 판단한 까닭이었다.

그러는 사이에 야니카가 겨우 정신을 차렸다. 그녀는 공

허한 눈빛으로 허공을 응시하며 중얼거렸다.

"헉, 허억! 잠깐이었지만 어렸을 적에 돌아가신 아버지를 다시 봤습니다. 절 보며 이리 오라 손짓을 하시더라고요."

"……대체 무슨 맛이었기에?"

하지만 야니카는 끔찍하다는 듯 그 질문에는 두 번 다시 대답을 하지 않았다.

어쨌건 기운을 차린 두 사람은 다시 길을 찾아 나섰다.

그리고 얼마 뒤, 그들은 색다른 것을 발견했다.

"어? 잠깐, 저거 뭐죠?"

통로 한쪽에서 뭔가를 발견한 야니카가 시슬란을 멈춰 세웠다. 그녀가 발견한 것은 약간의 용암이 고여서 웅덩이를 이루고 있는 장소였다.

잠시 웅덩이를 바라보던 그녀가 고개를 끄덕였다.

"산란장이군요."

"산란장?"

"네. 데블아이가 알을 낳는 곳."

"알이라면…… 혹시 이블아이의?"

"맞습니다. 사람들은 잘 모르지만 이블아이는 개미와 비슷한 습성을 지녔지요. 집단의 구조도 비슷하고. 한마디로 데블아이는 이들의 여왕개미와 같은 존재일 겁니다."

"그럼 여기가 바로 데블아이가 알을 낳아 두는 장소란 말이지?"

시슬란은 흥미로운 시선으로 용암 웅덩이를 바라보았다. 아직 눈은 잘 보이지 않았지만 뜨거운 열기는 똑똑히 느껴졌다.

'이블아이가 열에 대한 막강한 내성을 지닌 것도 이해가 되는군. 알에서 깨어날 때부터 용암에 있으니 놈들에게 이건 그저 따뜻한 물 정도로밖에 느껴지지 않겠지……. 음? 가만…….'

혼자서 고개를 끄덕이던 시슬란은 멈칫했다. 전혀 생각지 못한 발상이 문득 떠올랐기 때문이다.

"야니카."

"음?"

"혹시…… 데블아이는 이 용암에 직접 들어가서 알을 낳나?"

"물론이죠. 아예 여기서 잠도 잘걸요?"

"그래?"

발상은 묘한 확신으로 발전했다.

시슬란은 곧바로 걸음을 돌려 데블아이의 사체가 버려진 곳으로 돌아갔다. 야니카가 이유를 물었지만 대답하지 않았다. 대신 속이 비어 두꺼운 가죽 껍데기만 남은 놈의 사체를 질질 끌고 용암 웅덩이로 왔다.

그리고 근처를 얼쩡거리던 평범한 벌레 한 마리를 생포한 그는 일부를 잘라 만든 데블아이의 가죽 조각 위에 벌레를 올려놓고 그걸 용암에 조심스럽게 띄웠다.

그가 야니카에게 물었다.

"대신 벌레를 관찰해 줘. 혹시 타서 죽었나?"

"아뇨, 전혀. 멀쩡합니다."

"그래, 그렇군."

의미심장한 표정을 지으며 그가 고개를 끄덕였다.

비로소 확신은 계획으로 정립되었다.

"그 광마대제라는 자, 아직도 위에 있겠지?"

"어쩌면요. 그런데 대체 뭘 하시려고……?"

그녀의 질문에 시슬란은 싱긋 웃었다.

아직도 위에서 자신을 노리고 있을 광마대제. 그리고 열에 완벽한 내성을 지닌 커다란 가죽 주머니.

두 요소를 하나로 묶어 한 가지 계획을 떠올린 시슬란은 어깨를 으쓱, 추켜올렸다.

"멍석말이 좀 해보려고."

## 3

데블아이의 가죽을 챙긴 시슬란은 야니카를 업고서 계속 이동했다. 덕분에 그들은 얼마 가지 않아 넓은 공동에 다시 돌아오게 되었다. 바로 시슬란을 통째로 씹으려 들었던, 의문이 살아 있는 공동에 말이다.

그곳은 여전히 이블아이들로 붐비고 있었다.

시슬란과 야니카를 발견한 이블아이들이 일제히 시슬란을 주시하며 이빨을 부딪기 시작했다.

딱! 따다닥! 딱딱!

그오오오……!

그와 함께 지하 공동도 다시금 꿈틀거리기 시작했다.

하지만 이제 시슬란은 더는 그것들이 신경 쓰이지 않았다.

"내가 아직도 전처럼 만신창이로 보이나 보군."

비록 여전히 눈은 완치되지 않았지만, 광마대제와 싸우며 입은 부상은 거의 다 나은 상태였다.

샤아아아아!

시슬란의 전신에서 강력한 기류가 피어올랐다. 사방의 종유석 사이에 드리워진 그림자들이 와락 일어섰다.

공동은 그런 사실도 모른 채 무턱대고 시슬란을 씹으려

들었다.

콰드드득!

공동의 바닥이 울렁거리고 천장이 내려앉는다.

"후…… 아직도 내가 만만한 음식으로 보였나?"

시슬란은 만신창이였던 예전과 달리 그걸 너무나 쉽게 피해 냈다. 중간 중간 적절한 순간에 야니카가 고함을 지르자 소리가 너무도 선명하게 '보였다'.

덕분에 그는 자신을 씹으려 드는 공격을 피해 내는 동시에 전과 비교도 되지 않는 커다란 그림자 조각들을 가시처럼 만들어 공동의 입천장에 푹푹 박아 버렸다.

그러자 초조해진 이블아이들이 더욱 미친 듯이 잇소리를 냈다. 하지만 그 행동은 자신의 명을 재촉하는 행위나 다름없었다.

저들이 알아서 자신의 위치를 시슬란에게 노출해 준 꼴이었기 때문이다.

샤아아아! 푸푸푹!

공동 전체를 휘감은 그림자가 이블아이를 모조리 관통했다.

그림자의 폭력은 그걸로 끝나지 않았다. 아직도 버둥거리며 입을 우물거리려 드는 공동의 입천장을 통째로 올려쳐 버렸다.

투확!

한 번, 그리고 다시!

투확! 투콰학!

강력한 힘으로 올려치길 수차례.

공동은 더는 움직이지 못하게 되었다. 곳곳에 균열이 생겨 버린 까닭이었다.

투두두둑…… 투둑…….

균열, 그리고 붕괴의 조짐이 보였다.

"무너질 것 같습니다!"

"알아."

야니카의 외침에 시슬란은 태연히 답하며 자신이 떨어져 내렸던 수직 통로가 있는 곳으로 걸어갔다. 천장에서 돌무더기가 수시로 떨어져 내렸지만, 이제 눈을 감고도 그걸 피해 낼 수 있었다.

수직 통로 아래에 선 시슬란의 몸이 그림자를 타고 떠올랐다. 그리고 나머지 그림자가 한데 뭉쳐 수직 통로를 막고 있는 금속판을 찢어발기기 시작했다.

콰지지직! 카가각!

연달아 금속판을 뚫으며 올라가는 사이, 아래쪽의 공동은 완전히 붕괴하고 있었다.

그렇게 얼마나 올라갔을까.

바로 위쪽에서 강렬한 충격음이 들려왔다.

쿵! 쿠우웅!

시슬란의 표정이 굳었다.

"여기서 만나게 되는군."

저 충격음을 만드는 장본인은 아마도 광마대제이리라.

잠시 허공에서 멈춘 시슬란은 그림자 공간 속에서 데블아이의 가죽을 꺼냈다. 그리고 가죽 뒷면에 그림자를 두껍게 덧대었다.

그때, 바로 위쪽의 철판을 뚫고 커다란 주먹이 불쑥 튀어나왔다.

'지금이다.'

그 순간을 놓치지 않은 시슬란은 데블아이의 가죽을 활짝 펼쳐 광마대제를 향해 덮어씌워 버렸다.


*4*


화악!

—뭐냐, 이건?

처음에 광마대제는 상황을 심각하게 여기지 않았다.

그의 입장에선 그게 당연했다.

자신을 뒤덮은 건 그저 조금 두꺼운 가죽일 뿐이었다. 신비나 전설의 금속으로 만들어진 그물도 자신을 묶을 수 없을 텐데, 한낱 가죽 따위야.

—크합!

광마대제가 양팔을 활짝 펼쳤다.

그러나 그를 덮어씌운 가죽은 늘어나기만 할 뿐, 찢어지지 않았다. 생각보다 탄력이 훨씬 좋은 것 같았다. 게다가 느낌이 조금 묘하기도 했다.

—그림자?

가죽 뒤쪽에서 기이한 기운이 느껴졌다.

—역시 네놈! 지하에서 꿈틀거리며 살아 있다가 기어이 올라왔구나, 샨의 후손.

평범한 가죽이라도 루나리언, 그것도 로열블러드가 조종하는 그림자가 뒤를 받치고 있다면 자신의 힘으로도 쉽게 찢어지지 않음이 당연하다.

그걸 깨달은 광마대제의 입가에 득의와 살의의 미소가 교차했다.

그림자?

—스스로 빛을 발하는 존재에겐 덤비지도 못할 비루한 능력 따위! 저 죽을 줄도 모르고 제 발로 찾아왔구나! 크핫하하!

화아아악!

광소와 함께 광마대제의 전신에서 찬란한 빛과 끔찍한 열기가 폭발적으로 발산되었다. 이까짓 가죽 따위, 순식간에 열로 증발시켜 버리고 그 뒤를 받치고 있는 시슬란의 그림자마저 단숨에 몰아내려는 의도였다.

그러나 광마대제는 곧 의아한 표정을 지어야 했다.

—어? 뭐지?

어쩐 일인지 가죽은 증발되지도, 녹지도, 타지도 않았다. 그저 끔찍한 열기에 꿋꿋하게 맞서며 조금 연해졌을 뿐.

—뭐야, 이거!

설마 이런 가죽 한 장이 자신의 열기를 버티리라곤 생각도 못해 본 광마대제였다. 조금 놀란 그는 더욱 열기를 끌어 올렸다.

하지만 결과는 같았다.

게다가 상황이 더욱 안 좋아졌다.

샤아아아아!

바깥에서 그림자 움직이는 소리와 함께 광마대제를 덮어 씌운 가죽이 완전히 꽁꽁 묶이고 말았다. 말 그대로 대제를 완벽하게 가두어 버린 셈이었다.

—크아아아아! 감히!

광마대제가 미친 듯이 날뛰기 시작했다.

그러나 그것도 마음대로 되지 않았다.

그를 가만히 놔둘 시슬란이 아니었기 때문이다.


## 5

샤아아아아! 투콱!

—……!

시슬란을 중심으로 문어발처럼 사방으로 뻗어 간 그림자가 바위와 부서진 금속판 조각 등을 집어 들었다. 그리고 데블아이의 가죽에 둘둘 묶인 광마대제를 거세게 후려쳤다.

콰아앙!

타격은 그걸로 끝나지 않았다.

시슬란은 아예 작정한 듯 그림자로 광마대제의 온몸을 꽁꽁 묶어 버렸다.

중간에 있는 데블아이의 가죽이 광마대제의 몸으로부터 쏟아져 나오는 빛을 완벽히 차단하고 있었기에 그림자로 사용하는 그의 모든 기술들이 광마대제에게 제대로 먹히고 있었다.

'최대한 짧은 시간 안에 타격을 주고 빠진다.'

그것이 시슬란의 의도였다.

전신에서 스스로 빛을 뿜어내는 광마대제의 특성은 자신과 상성이 너무나 안 좋았다. 거의 천적이라 불러도 무방할 정도였다.

게다가 데블아이의 가죽이 튼튼하고 질기다고는 하지만, 그 뒤를 그림자로 든든하게 받치고 있다곤 하지만, 광마대제의 힘 앞에 언제까지 버틸지도 알 수 없는 노릇이었다.

말 그대로 저 가죽이 찢어지면 시슬란은 광마대제를 막을 방법이 없는 셈이나 마찬가지였다.

그렇기에 시슬란은 정면 대결보다 짧은 시간에 타격을 입히고 신속하게 이 자리를 이탈할 속셈이었다.

샤아아아!

시슬란의 의지에 따라 광마대제를 묶은 그림자가 아래로 쑥 떨어졌다.

여전히 광마대제를 묶은 채로.

—크아아아아!

분노 가득 담긴 광마대제의 포효가 수직 통로 아래로 쑥 멀어져 갔다. 그리고 시슬란은 주변 수직 통로를 모조리 무너뜨리기 시작했다.

샤아아! 콰직! 콰지지직!

통로가 아예 붕괴하며 막대한 양의 바위와 토사가 아래

로 쏟아져 내려갔다.

'이 정도면 됐다.'

시슬란은 아래로 떨어진 광마대제가 자력으로 데블아이의 가죽을 찢고 저 막대한 양의 토사를 헤치며 긴 수직 통로를 올라오려면 제법 많은 시간이 걸릴 것이라고 생각했다.

그러나 그것은 너무 안일한 생각이었다.

—이노오오옴!

"……!"

얼마 떨어지지 않은 아래에서 광마대제의 외침이 들린 것이다. 게다가 그 외침은 쏟아지는 바윗덩이와 토사에도 불구하고 순식간에 가까워지고 있었다.

하지만 시슬란은 더는 그를 정면으로 상대할 생각이 없었다. 그는 야니카를 업은 채로 수직 통로를 박차고 솟구쳤다.

아래에선 빠른 속도로 올라오는 광마대제의 기척이 느껴졌다.

콰앙! 콰아앙!

쏟아지는 바위를 주먹으로 쳐내고 깨부수며 올라오는 가공할 위력!

이윽고 시슬란은 수직 통로를 벗어났다.

통로 주변에는 광마대제의 친위대라 할 수 있는 108 전사들이 여기저기에 앉아 두런두런 잡담을 나누고 있었다. 그러다 통로에서 불쑥 튀어나온 시슬란의 모습에 깜짝 놀라고 말았다.

—어? 저놈?

—저번에 빠진 그 루나리언 아냐?

—대장은?

108 전사들이 황급히 일어나는 사이, 시슬란은 순식간에 큰 도약으로 그들의 머리 위를 가로질러 버렸다. 그리고 그들이 둘러앉은 중심에 있는 마나 크리스털을 향해 그림자를 뻗었다.

샤아아아!

독수리처럼 마나 크리스털을 낚아챈 그림자가 시슬란에게로 돌아갔다.

그와 때를 같이하여 광마대제가 통로 입구를 깨부수며 모습을 드러냈다.

—저놈 잡아아악!

하지만 그땐 이미 시슬란이 제피를 비롯한 가디언들까지 그림자로 감싼 채 저만큼 멀어지는 중이었다.

광마대제와 108 전사가 뒤늦게 뒤를 쫓았지만 속도에서는 결코 시슬란을 붙잡을 수 없음만 확인하는 꼴이 되고 말았다.

—크워어어어어! 망할······!

시슬란이 떠난 설원에 광마대제의 성난 외침만이 메아리 없이 울려 퍼졌다.

8장.

광마병이 집결하다

## 1

　—근데 대장, 우리 이렇게 하면 진짜 육지에 도착할 수 있
는 거 맞습니까요?

　—아무래도 좀 불안하지 말임다.

　—이러다가 우리 영원히 바다 밑바닥에서 성게랑 불가사
리랑 친구 먹겠지 말임다.

　—닥쳐! 나만 따라와!

　—그래도…….

　—쓰읍!

　—끄응…….

때 아닌 불만과 투덜거림이 수중에서 웅성거렸다. 근처를

배회하던 커다란 가오리 한 마리가 바다 밑바닥에서 성큼성큼 움직이는 무언가를 보곤 깜짝 놀라 방향을 틀어 황급히 달아났다.

이내 가오리가 사라진 자리로 모습을 드러낸 이들은 바로 움직이는 대리석상, 광마대제와 108 전사들이었다.

시슬란이 도주한 방향으로 열띤 추격전을 펼친 그들은 결국 시슬란을 놓쳤다. 하지만 계속해서 멈추지 않고 움직였는데, 그 덕분인지 결국엔 극지방 해안에 도착하게 되었다.

그들은 그곳에서 빙산을 건너뛰며 이동했다.

하지만 점점 바다는 따뜻해졌고, 더는 건너뛸 빙산도 보이지 않게 되었다.

거기서 그들은 바다로 뛰어들었다. 인간의 육신이 아닌, 혼이 대리석상에 깃든 존재들이었기에 물속이라도 목숨을 잃을 염려는 전혀 없었다.

어쨌건 그때부터 이들은 영용하신 광마대제의 영도 아래 바다 밑바닥을 걸어서 이동하게 되었다.

그런데 문제가 하나 있었다.

이들이 아무리 능력 출중하고 근육 빵빵한 전설의 전사들이라 해도, 몸뚱어리가 대리석으로 만들어진 탓에 전혀 헤엄을 칠 수가 없다는 점이었다.

게다가 바다 밑바닥에서만 움직이고 있다 보니 방향 감각이 사라져 버렸다. 때문에 전사들은 시간이 갈수록 몹시 불안감을 느껴야 했다. 대제가 제대로 방향을 잡고 걸어가는지 의심이 들기 시작한 까닭이었다.

결국, 보다 못한 어느 전사가 나섰다. 자타 공인 생전에 대제의 오른팔을 자처했던 광야의 명궁, 레오닐이었다.

—대장, 혹시 미리 표식이나 방향 등을 보고 움직이시는 겁니까?

거칠고 과감한 만큼 두뇌가 순진무구하고 청순한 전사들이었다. 그래도 그들 중에서 제법 머리 좀 쓴다는 레오닐이 나서자 대제로서도 무시할 수만은 없었다.

해서 처음으로 걸음을 멈추고 레오닐을 돌아보았다.

그런데 광마대제의 표정은 어쩐지 뚱해 보였다.

—표식? 방향?

그리고 고개를 갸웃.

—그런 건 왜 봐야 하는 건데?

—…….

—그냥 대강 이쪽이었으니까 걸어가다 보면 나오는 거 아니냐?

—끄응…….

레오닐은 할 말을 잃어버렸다.

역시나, 대장은 살아생전이나 지금이나 사람이 참 한결같

으셔.

바닷속이라 보이지도 않는 하늘을 우러러보며 한숨을 내
쉬는 레오닐이었다.

그가 제안했다.

—대장, 아무래도 특단의 조치가 필요할 것 같습니다만.

—특단의 조치?

—예, 그렇습니다.

레오닐의 눈이 반짝였다.

바다 밑바닥에서 방향을 찾기 위해 그가 제시한 해법은
이러했다.

전사들 중에서 가장 힘이 센 자가 가장 밑바닥에 버티고
선다. 그 어깨 위에 전사 하나가 올라선다. 그리고 그 위에
또 하나가 올라서고, 그 위로 또 올라선다.

그렇게 해서 전사들로 만들어진 탑을 세우고 꼭대기에 광
마대제가 올라선다.

모두의 신장을 고려하건대, 그 정도 높이라면 충분히 수
면 위로 머리를 내밀고 방향을 볼 수 있을 것이다. 그러면 광
마대제는 발바닥으로 아랫놈의 어깨를 문질러 방향을 가리
키면 된다. 그렇게 맨 아래까지 신호를 보내서 제일 아랫놈
이 그 방향으로 걸어가면 되지 않겠는가.

—……

모두가 한동안 말이 없었다. 그러다가 서로의 얼굴을 번갈아 쳐다보았다.

전사들이 동시에 머리를 끄덕였다.

—역시 레오닐은 머리가 참 좋은 것 같아.

—그렇지? 가끔 부럽다니까.

청순한 뇌 구조만큼이나 행동력 하나는 비상한 그들이었다.

광마대제를 위시하여 전사들은 순식간에 탑을 만들었다. 그러는 와중에도 계획을 제안한 레오닐은 대제의 바로 아래쪽, 그러니까 위에서 두 번째 칸에 올라서서 수고를 피하는 얍삽함을 보여 주었다.

—푸하.

찰랑이는 파도 위로 광마대제의 머리가 딱 맞게 올라왔다. 그는 눈알을 데구루루 굴렸다. 일단 육지는 보이지 않았다. 사방이 수평선이었다.

그래서 잠깐 고민하던 그는 이곳이 남쪽 끝의 대륙이었단 사실을 떠올리곤 북쪽으로 방향을 잡았다.

—야, 야, 저쪽. 저쪽.

발바닥으로 문질문질, 신호를 보냈다. 한참이 지나서 신호가 제일 밑바닥까지 이어졌고, 마침내 대리석 전사들의 탑이 움직이기 시작했다.

그런데.

—야, 이쪽이 아니잖아! 저쪽! 저쪽!

중간에 신호가 엉뚱하게 전달되었는지 탑은 목표와 전혀 상관없는 곳으로 움직였다.

그 후로도 그들은 수많은 우여곡절과 휘청휘청 끝에야 제대로 방향을 잡고 움직일 수 있었다.

하지만 그들 앞에 닥친 고난은 끝나지 않았다.

—크핫하하! 전진! 전진이다! ……어? 부그르르륵! 야, 어푸!

기골 장대한 전사들이 서로에게 올라타서 만든 탑이었지만 그래 보았자 결국 300미터 이상의 높이는 만들지 못했다. 즉, 그 이상의 수심에서는 꼭대기의 광마대제도 물속에 잠겨 버린단 뜻이었다.

조금 전진하자 바다가 더욱 깊어졌고, 결국 그들의 탑도 수면 아래로 잠기고 말았다.

—크으! 그럼 이제 어떡하지?

헤엄도 칠 수 없고, 탑도 못 만들고.

광마대제와 전사들은 머리를 맞대고 반나절을 회의한 끝에야 해결책을 찾아낼 수 있었다.

—뛰어! 뛰어라! 무조건 뛰어!

촤학! 첨벙! 촤학! 첨벙—!

그 방법이란, 바다 밑바닥을 차고 도약해 해수면 위로 떠오르는 것이었다. 그리고 다시 바다에 빠지면 밑바닥까지 꼬르륵, 다시 바다 밑바닥을 차길 반복하는 방법인 셈이었다. 모양새가 개구리 같긴 했지만 그나마 방향도 살피면서 이동할 수 있는 유일한 방법이었다.

물론, 언제쯤 육지에 도착할 수 있을지는 대제와 전사들 본인들도 모를 일이긴 하지만.

—싸나이는 일단 직진이다! 북쪽으로!

촤학! 첨벙! 촤학! 첨벙!

대제와 108 전사들이 요란하게 파도를 부수며 북쪽으로 도약했다.


2


한편, 광마대제 일행에 앞서 해안에 도착한 시슬란은 이동을 위해 곧바로 허브 항구를 이용했다.

"목표지, 제국 수도."

잠시 후, 두 사람은 무사히 제국 수도인 윈덤 성 정원의 인공 호수로 돌아오게 되었다.

그러나 정원에 도착한 두 사람을 마중 나온 이는 아무도 없었다. 황실의 시종도, 시녀도, 근위병들도 보이지 않았다.

게다가 황실 정원은 쑥대밭이 되어 있었다.

마치 성 내부에서 한바탕 전쟁이라도 치른 것 같은 난장판이었다.

"대체 이건…… 무슨 일이지?"

그때였다.

콰아아앙—!

황궁 안쪽에서 굉음이 들려왔다.

그리고 수많은 비명과 고함, 호각 소리도 함께 들려왔다.

두 사람은 서둘러 그곳으로 달려갔다.

그곳엔 아비규환이 펼쳐져 있었다.

3

아리안은 고군분투하고 있었다.

"끄랴하!"

좌하아악!

단 한 번의 칼질에 적이 두 동강이 났다.

그럼에도 아리안은 멈추지 않고 사방으로 검을 뿌렸다.

하지만 적은 강력했다. 시뻘겋게 변한 눈동자를 빛내며 1

미터짜리 손톱을 자유자재로 휘두르는 놈들이었다.

차앙!

"크윽!"

상대의 공격을 막아 낸 아리안이 비틀거리며 물러났다.

상상을 초월하는 힘과 빠르기였다.

"크아아아! 이놈들!"

아리안은 야수처럼 홀로 검 한 자루를 비껴들고 황궁 내성의 정문을 막고 있었다. 이미 두 발로 제대로 서 있는 수하는 없다. 모두가 죽었다. 그만 남았다. 홀로 지원군을 기다리며 고군분투하고 있었다.

상황은 점점 열악하게 변해 갔다.

"다 덤벼! 내게로 와라!"

아리안이 포효했다.

그의 온몸은 피로 칠갑이 되어 있었다. 하지만 그걸 닦아 낼 여유조차 없었다. 그도 인간인지라 끝없이 달려드는 강화 병들의 인해전술에 점점 힘이 빠지고 있었다.

'대체 이건…… 정말이지 무슨 이런 일이!'

그는 이 상황이 이해되지 않았다.

지금 그가 상대하고 있는 괴인들은 며칠 전까지만 해도 친숙하게 지내던 부하이자 동료이자 이웃이었던 사람들이었다.

이들의 정체가 광마대제의 영향을 받아 각성한 광마병이란 사실을 아리안이 알 리 없었다. 다만 갑자기 한순간에 평범하던 사람들이 돌변했고, 주변에 보이는 살아 있는 사람들을 무차별로 공격하기 시작했단 것밖에는.

게다가 광마병들의 숫자는 생각보다 훨씬 많았다. 비록 수십 명 중의 한 명꼴로 이렇게 변하여 난동을 부리고 있었지만, 그 하나하나가 너무나 강력했다. 또한, 이들은 의외로 조직적으로 일사불란하기까지 했다.

그래서 나온 결과가 바로 이것이었다.

수도 방위 부대의 괴멸.

백성의 유혈.

'주군! 대체 어디 계신 겁니까?'

아리안은 시슬란이 돌아오길 간절히 바라며 싸우고 또 싸웠다. 그러나 그의 체력도 무한대일 수는 없는 법. 끝없는 격전 끝에 그는 이미 너무 지쳐 버렸다.

이미 반 쪼가리로 부러진 칼날은 이가 다 빠져서 무기로서의 기능을 상실했다.

문득 서서히 거리를 좁혀 오는 광마병들을 보자니 엉뚱한 생각도 떠올랐다. 바로 이곳이 자신이 죽을 자리가 될 수도 있겠다는, 그런 생각.

"크큭! 와하하핫!"

그래도 저승길의 길동무는 많을수록 좋은 법이 아니겠는가. 자신을 향해 일제히 달려드는 광마병들을 보며 아리안은 남은 최후의 힘을 끌어 올렸다.

서걱! 서거걱! 콰직!

베어지고 쪼개진 광마병들이 낙엽처럼 날아갔다.

하지만 살아남은 놈들은 끝끝내 아리안의 반격을 뚫고 그의 품으로 파고들었다.

쉬익!

어느 광마병이 아리안의 배에 손톱을 쑤셔 넣으려 했다. 아리안은 자신이 공격을 피하지 못할 것임을 직감했다. 그는 눈을 부릅뜨고서 자신을 끝장낼 상대를 노려보았다.

그런데 그때였다.

샤아아아…… 덜컥!

거짓말처럼 광마병의 손이 멈추었다. 아리안의 배를 쑤시기 바로 직전에 말이다. 마치 보이지 않는 손에 붙잡혀 억지로 버둥거리는 듯한 모습이었다.

아리안이 눈을 부릅떴다.

"……!"

소리도 없었다. 기척도 없었다.

그것은 인식의 범위를 넘어선 움직임과 공격이었다.

아리안은 멍한 눈빛으로 자신의 앞에 피어난 불길한 어둠을 바라보았다. 그 어둠이 광마병들을 차례대로 집어삼키는 것을 구경했다.

정신을 차려 보니 주변에 그 많던 광마병들은 이미 하나도 남지 않았다.

휘이이잉…….

서늘한 바람이 불어와 아리안의 이마에 흐르는 땀을 씻어 냈다. 그 선득한 느낌이 그의 지친 정신을 일깨웠다.

"많이 다쳤나?"

바람결에 들려온 목소리에 아리안은 그만 흐느낄 뻔했다.

돌아보니 그토록 간절히 찾았던 주군의 모습이 거기에 있었다.

"아리안이 주군을…… 뵙습니다."

"고생이 많았다."

"가셨던 일은 어찌 되셨습니까?"

"마나 크리스털 말인가?"

시슬란이 씁쓸하게 웃었다.

"아무래도 잘못된 것 같구나. 루나티카로 가는 길이 열리기는커녕 골치 아픈 상대를 만들고 말았다. 그리고 저 괴이한 존재들도…… 마나 크리스털 때문인 것 같다."

"그런……."

"내 책임이다. 부정할 생각도, 피할 마음도 없다. 다른 사람들은?"

"카탈리나 님은 며칠 전 돌연히 쓰러지신 뒤 아직 의식을 찾지 못하고 계십니다. 이유는 모르겠습니다. 그리고 나머지 사람들은 내성에서 농성을 준비 중입니다."

아리안의 말에 시슬란의 뒤에 잠자코 있던 야니카가 화들짝 놀랐다.

"여백께서…… 쓰러지셨다고요?"

"그렇습니다. 말씀드렸다시피 원인은 모릅니다. 마법사들이나 의사들의 말로는 별 탈은 없을 거라 했지만……."

시슬란이 말했다.

"알겠다. 아리안, 그대는 야니카와 함께 내성으로 들어가 사람들을 돕도록. 야니카, 그대도 아리안과 함께 들어가서 카탈리나의 상태를 살피고 그녀를 보호하도록. 나는 여기에 남아 이 부근부터 직접 정리하도록 하지."

"알겠습니다."

부복하는 아리안과 야니카를 남겨 두고 시슬란이 그림자에 몸을 실었다. 그의 눈은 아직 완치되지 않았지만, 이제 사물을 흐릿하게 식별할 정도는 되었다. 거기에 소리를 느끼고 보는 능력이 더해지니 주변을 인식하는 데에 별 무리가 없었다.

"다녀오겠다."

저물어 가는 노을 아래, 그 말만 남기고 시슬란은 자신의
그림자 속으로 사라졌다.

황도는 아비규환이었다.
불길이 치솟고 비명이 그득하다.
피가 뿌려지고 악다구니가 흐른다.
하지만 어느 그림자 조각이 살포시 내려앉으면, 거짓말처
럼 그 모든 혼란이 멎었다.
불길은 가라앉았고, 비명은 수그러들었다.
피는 멎었고, 악다구니는 가라앉았다.
밤은 길었다.
이윽고 여명이 밝아 올 무렵엔 황도에서 날뛰던 마지막 광
마병이 그림자에 붙잡혀 으스러졌다.
그렇게 황도의 환란은 간신히 진압되었다.


4


"보나 마나 다른 지역의 피해 또한 막심할 겁니다. 지금도
황도를 제외한 솔라리스 전역에서 급보가 날아들고 있습니
다."

긴급회의가 열렸다.

시슬란이 황도의 광마병들을 잠재우긴 했지만, 아직도 황도 외의 모든 지역에서 광마병이 날뛰고 있었다. 하루라도 빨리 광마병을 처리하고 피해의 확산을 막아야 했다.

다양한 의견이 나왔다.

"황도와 인근 지역을 폐쇄해야 합니다."

"말도 안 되는 소리! 그럼 다른 지역은? 모조리 포기하잔 말이오?"

"그래도 최소한 황도는 지켜야지요. 게다가 지방 주둔군은 그저 손가락만 빨고 있겠습니까?"

"그냥 두면 피해가 계속 커질 거란 말이오!"

논쟁이 벌어지는가 하면 중재안도 나왔다.

"두 분 모두 허브 항구는 염두에 안 두시는 듯하군요. 사태가 어느 정도 수습되고 있는 황도에는 적정 수준의 방어를 위한 병력만 남겨 두고, 허브 항구를 이용해 각 지방 주둔군을 하나로 결집하여 순차적으로 각 지역의 혼란을 수습하는 것이 낫지 않을까 하는데요."

"그럼 그 순서는 누가 정한단 말이오?"

"당연히 폐하께서⋯⋯."

신료들의 시선이 시슬란에게로 집중되었다.

시슬란은 침묵을 지키며 눈을 감고 있었다.

모두가 그의 말을 기다렸다.

그러길 한참, 이윽고 시슬란의 입이 열렸다.

"군대가 움직일 필요도, 구원할 지역의 순서를 정할 필요
도 없다."

"예?"

"저들의 움직임이 달라진 것 같군."

시슬란이 회의실 창문을 바라보며 말했다.

그곳 창틀엔 몸을 회복한 가디언 아시우트가 가쁜 숨과
흐트러진 깃털을 고르며 앉아 있었다. 행동으로 보아 엄청나
게 먼 거리를 쉬지 않고 날아다니다 돌아온 것 같았다.

시슬란이 말했다.

"방금 저 가디언이 내게 말해 주더군. 각 지역에서 날뛰던
돌연변이 인간들의 움직임에 변화가 생겼다고."

"변화…… 말입니까?"

"그렇다. 일단은 다행스럽게도, 무차별적인 공격을 중지
하고 한곳으로 집결하고 있다는군."

"집결이라니, 어디로 말입니까?"

시슬란이 검지를 세웠다. 그리고 회의실 탁자를 가리켰다.

"바로 여기."

"예?"

"아마 저들의 목표는 이곳 황도인 것 같군."

"......"

무거운 침묵이 내려앉았다.

"갑자기 무차별적인 공격을 중지한 이유도, 이곳으로 몰려오는 이유도 모른다. 하지만 확실한 것은 하나. 그들이 우리에게 안부나 묻자고 황도에 오고 있는 건 아닐 테지."

시슬란이 자리에서 일어나며 말했다.

"방어전을 준비하도록."


## 5


회의를 마친 시슬란은 카탈리나를 찾아갔다.

끼이익······.

일부러 소리 내어 문을 열었음에도 카탈리나는 여전히 침대에 누워 미동도 하지 않았다. 하얀 시트에 어지럽게 흐트러진 그녀의 붉은 머리칼이 유난히도 눈에 띄었다.

그녀를 돌보다가 꾸벅꾸벅 졸고 있던 시녀가 시슬란을 알아보곤 허겁지겁 일어섰다.

"화, 황제 폐하를 뵙사옵니다."

"잠시 자리를 비우도록."

"알겠사옵니다."

병실에는 시슬란과 카탈리나만 남았다.

시슬란은 침대 곁의 걸상에 앉아 한참이나 잠든 카탈리나
의 얼굴을 바라보았다.

"내가 큰 실수를 한 것 같아."

카탈리나는 여전히 쌔근쌔근 숨만 내뱉으며 잠들어 있었
다. 그녀의 손을 살며시 붙잡은 시슬란이 독백하듯 계속 말
했다.

"내가 어리석었어. 무턱대고 루나티카로 돌아가겠다는 의
욕과 생각만 앞섰던 것 같아. 그래서 돌이킬 수 없는 결과를
불러오고 말았어. 많은 사람들이 다치고, 가족을 잃고, 불행
해졌지. 나 때문이야. 어쩌면 내가 솔라리스에 온 것 자체도,
솔라리스 사람들의 관점에선 불행이고 재앙인지도 모르겠단
생각도 드는군."

한숨을 내쉰 시슬란이 말했다.

"그럼 난 어떻게 해야 할까."

그는 대답 없는 카탈리나를 기다렸다.

하지만 그는 알고 있었다. 때론 대답 없음도 대답이다. 그
리고 그는 이미 답을 알고 있었다.

"다녀오도록 하지."

# 6

한편, 광마대제와 108 전사들은 계속해서 파도 사이를 펄쩍 뛰어오르다 가라앉기를 반복하며 이동하고 있었다.

—대장, 우리 대체 언제쯤 땅을 밟아 보는 겁니까?

—닥쳐! 나도 몰라!

광마대제는 무조건 수하들을 닦달하며 계속 뛰기만 했고, 108 전사들은 투덜거림을 꾹 참으며 뒤를 따랐다. 광마대제의 말은 그들에게 절대의 법칙이었다. 충성심은 몰라도 광마대제의 주먹이 그렇게 만들었다. 아무리 전설의 전사들이라 해도 광마대제의 주먹은 아팠다.

어쨌건 그렇게 무식한 이동을 계속한 끝에, 광마대제 일행은 우연하게도 바다 한가운데에서 표류하는 범선 한 척을 발견할 수 있었다.

휘이이잉…….

한바탕 난리라도 났던 건지, 표류하는 범선 주위에는 둥둥 떠다니는 선원들의 시체가 간간이 보였다. 갑판 위에도 곳곳에 시체가 굴러다니고 있었다.

—저거 살벌하구먼.

—그러게 말입니다.

배에 오른 광마대제와 전사들은 혹시나 생존자가 있는지

살폈다. 하지만 생존자는 없었고, 배 구석을 배회하던 광마병 넷만 발견할 수 있었다. 아마 저 넷에게 나머지 선원들이 몰살당한 것 같았다.

―에잉, 도움 될 인간 놈들은 다 뒈지고, 웬 개뼈다귀 같은 놈들만 어슬렁거리느냐, 흉흉하게스리. 그나저나 이제부터 어찌한다?

옆에서 광마대제의 고민을 듣고 있던 레오닐이 또다시 나섰다.

―대장, 제게 또 좋은 생각이 있습니다.

―말해 봐라.

―여기 이 배를 우리가 직접 몰고 가면 되지 않겠습니까?

―오오!

별것도 아닌 당연한 제안에 눈을 초롱초롱 빛내는 전사들이었다.

광마대제도 크게 기뻐하며 명을 내렸다.

―들었지? 얘들아, 시체 치워라. 우리도 배 한번 몰아 보자꾸나.

―예입!

그들은 재빨리 시신들을 정리했다.

그런데 그들이 막 배를 다 정리할 무렵이었다.

촤아아아……

어디선가 범선 한 척이 다가왔다.

마스트 위로 휘날리는 깃발로 보아, 광마대제 일행이 점거한 범선과 같은 소속의 배인 것 같았다.

"젠장! 대체 이게 어떻게 된 일인가!"

새로 나타난 범선의 선미루에서는 선장이 분통을 터뜨리고 있었다. 그는 자신의 눈앞에 펼쳐진 참상을 믿을 수가 없었다. 그야말로 든든하던 자신의 함대가 거의 몰살을 당해 여기저기를 유령선처럼 떠다니고 있는 까닭이었다.

사실 이 선장이 탄 배도 정말로 운이 좋았던 것이, 이 배가 무사한 것은 순전히 선원 중에 광마병으로 돌변한 자가 없었던 덕분이었다.

당장 분노와 슬픔으로 돌아 버릴 것 같은 기분을 억누르며 선장은 초조하게 되뇌었다.

"제발…… 제발 바다의 신이시여, 저 배들 다 잃으면 저는 파산입니다. 제발 좀 도와주십시오."

그런 그의 바람이 통한 것일까.

간절한 심정을 담은 그의 망원경이 저 멀리 떠다니던 표류선 갑판 위의 광마대제를 비추었다.

"응?"

그는 자신이 망원경에 담은 광경에 눈을 부릅떴다.

"대, 대체 뭐야, 저것들은!"

얼른 다시 망원경을 겨눈다.

망원경을 통해 확대된 시야 속에서 표류선이 확대되어 보인다. 그리고 그 갑판 위에 산처럼 쌓인 선원들의 시신이 보였다.

그 앞에는…… 기괴한 하얀색을 띠고 있는 석상들이 쿵쿵 갑판을 울리며 걸어 다니고 있었다.

"저, 저것들은 대체 뭐냔 말이다!"

선장은 분노했다.

자신의 충실한 선원들을 학살한 것도 모자라 그 시신들을 산처럼 쌓아 놓고 잔치를 벌이는 놈들이라니!

하지만 선장은 동시에 냉정했다.

그는 자신의 배 한 척만으로는 저 괴물들에게 저항할 수 없을 거란 결론을 내렸다. 그렇다면 대응 방법은 하나밖에 없었다.

"뱃머리를 돌려라!"

촤아아아!

배가 신속하게 방향을 틀었다. 그리고 가장 가까운 항구를 향해 최고의 속력으로 달려갔다. 파산이고 뭐고, 일단 살고 보자는 생각이 앞섰다.

한편, 표류선의 갑판에서는 광마대제와 108 전사들이 어떻게 배를 몰아야 하나를 놓고 나름 심각한 회의를 거치는 중이었다.

—야, 이거 돌리면 배가 방향 트는 거냐?

퍼석!

광마대제가 살포시 쓰다듬던 타륜이 그대로 으스러졌다.

—아니, 대장! 그걸 부수면 안 되지 말입니다. 그나마 그래도 돛대도 멀쩡해서 기대하고 있었…….

와지직! 쿠웅!

레오닐이 탕탕 두드리던 돛대가 부러져 나무꾼이 베어 넘긴 고목처럼 쓰러져 버렸다.

—괜찮습니다. 여기 아직 노가 멀쩡…… 헉?

파스락!

노는 물론이고, 각종 항해 도구들이 광마대제와 전사들이 조금 만지기만 해도 장난감처럼 부서져 버렸다. 완력이 너무 강해서 벌어진 참사였다.

—이 멍청한 놈들!

광마대제가 버럭 역정을 냈지만 이미 늦었다. 배는 더는 항해가 불가능한 상태가 되고 말았다.

그때, 레오닐이 뒤늦게 저 멀리서 뱃머리를 돌리고 있는 범선을 발견했다.

—어? 대장, 저길 보십시오.

—뭐야, 저거 배냐? 멀쩡히 움직이네?

―그러게 말입니다.

그때 이미 범선은 꽁무니만 보이며 멀어지고 있었다.

하지만 고작 그런 일로 풀이 죽을 광마대제와 전사들이 아니었다.

―자, 저기로 건너 타자!

―우오오오!

광마대제와 108 전사들은 고민하지 않았다. 아니, 애초부터 고민이라는 걸 모르는 그들이었다.

대제는 곧바로 갑판을 박차고 날아올랐다. 그리고 멀어지고 있던 범선의 갑판 위로 사뿐히(?) 내려앉았다.

콰아아아앙―!

내려앉는 힘이 너무 세서 갑판에 구멍이 뚫렸다. 게다가 대제의 몸은 대리석. 그 무게만도 가뿐히 몇 톤은 되었다. 그런 물체가 엄청난 힘을 싣고 떨어지니 나무로 만들어진 배의 입장에서는 커다란 포탄을 직격으로 맞은 것이나 다름없는 충격을 받았다.

콰앙! 쿵! 콰앙!

대제는 갑판은 물론이고 그 아래의 선실과 선창까지 총 네 겹의 단단한 나무판을 수직으로 뚫어 버렸다. 단지 착지하는 것만으로.

"어억? 뭐, 뭐냐!"

그나마 가장 밑바닥의 용골이 버텨 줘서 망정이지, 그러지 못했다면 배가 통째로 두 조각이 날 뻔했다. 그걸 깨달은 선원들은 사색이 되었다.

하지만 구멍 뚫린 갑판 아래에서 들려온 광마대제의 외침을 들은 그들의 다갈색 피부는 우유 빛깔 여인네만큼이나 창백해졌다.

—썅! 다들 안 뛰어와!

휘잉, 휘잉!

광마대제의 말에 차마 개길 수 없는 108 전사들이 차례로 날아올랐다. 그리고 그가 그랬던 것처럼 차례대로 갑판 위로 내려섰다.

그것은 차라리 폭격이었다.

"피, 피해!"

콰앙! 콰아아! 콰직! 퍼석!

범선 갑판에는 광마대제의 것을 포함해 순식간에 109개의 구멍이 뚫렸다. 한마디로 눈 깜짝할 사이에 걸레쪽이 되어 버린 셈이었다.

그런데 정작 멀쩡한 배 한 척을 순식간에 난파선의 몰골로 만들어 버린 재난(?)의 주인공들은 눈 하나도 깜짝하지 않았다.

아니, 오히려 그들은 이 상황을 즐기기 시작했다.

—어라? 대장, 대장은 어찌 그렇게 깊이 내려가셨답니까요? 신기하네?

—허허, 내가 너희보다는 좀 세지 않느냐.

—쩝! 그런가?

대리석상에 몸을 담고 있는 광마대제와 108 전사들은 서로 누가 더 많이 갑판과 함교를 뚫고 내려왔는지를 비교하였다. 왁자지껄, 일단 비교를 해보니 자연 누구의 힘이 더 세고 약한지가 명확히 드러났다.

가장 밑바닥 용골까지 닿은 대제와 상위권의 몇몇은 의기양양해하였다. 하지만 그에 미치지 못한 대부분의 하위권 전사들은 불만을 터뜨렸다.

—불공평합니다요! 다시 합시다!

—그렇죠, 다시 해야지 말임다. 전 이렇게 비교할 줄은 모르고 그냥 살살 뛰었지 말임다. 제가 맘먹고 세게 뛰면 아주 난리가 날 거지 말임다.

—저도 찬성! 다시 뜁시다요!

열화와 같은 부하들의 성원과 등쌀에 광마대제가 벌쭉 웃었다.

—그럼 다시 할까?

—와아아! 대장 만세!

그들은 환호하며 갑판으로 기어 올라왔다. 그들의 무게만으로도 범선은 삐걱거리며 신음했다. 선원들이 나름 칼을 뽑고서 포위하는 시늉을 내었지만 광마대제와 108 전사들을 막기에는 턱없이 모자랐다.

하지만 그중에 용기 있는 자도 있었다.

"멈춰라, 이 사악한 피조물들이여!"

—으음?

또다시 도약하려 몸을 풀던 광마대제는 바로 앞에서 들려온 외침에 콧잔등을 찡그렸다. 한 대 툭 치면 날아갈 것 같은 쪼그만 인간이 칼을 뽑아 들고 자신을 가리키고 있었던 것이다.

—뭐냐, 넌?

"나로 말할 것 같으면, 이 배의 선장인 아돌프 에밀리히 루펜하겐이다!"

—루펜하겐?

"그렇다!"

—호오.

고개를 갸웃거리던 광마대제가 돌연 놀란 표정을 지었다. 비록 대리석으로 만들어졌지만 그의 표정은 정말로 살아 있는 듯 생생하기만 했다.

—루펜하겐? 코찔찔이 루펜하겐 말인가?

"어? 뭐, 뭐?"

―생긴 거 보니까 맞네. 닮았네. 어이, 코찔찔이!

광마대제가 뒤쪽 수하들을 보고 누군가를 불렀다. 이윽고 108 전사들 중의 하나가 쿵쾅거리며 달려왔다.

―훌쩍, 쿵쿵. 대장, 무슨 일입니까?

광마대제가 사람 좋은 웃음을 벌쭉 지었다.

―야, 코찔찔이, 인사해라. 이놈이 네놈 후손이란다.

―예?

"뭐?"

아득한 조상 코찔찔이 루펜하겐과 현재의 후손 루펜하겐이 휘둥그레진 눈으로 서로를 돌아보았다. 그리고 현실을 부정했다.

―쳇! 뭡니까, 이 비리비리한 놈은?

"감히! 유구한 본 가문의 시조를 이따위 석상에 빗대어 농락하려는 것인가!"

분노한 루펜하겐 선장이 칼을 휘두르며 달려들었다. 그러다가 영광스럽게도 가문의 시조인 코찔찔이 루펜하겐의 주먹질 한 대에 기절하고 말았다.

광마대제가 수하들을 둘러보았다.

―준비됐냐?

―예!

깊이 사고하는 능력은 조금 모자라도 일사불란함 하나만

큼은 빼어난 108 전사들이었다. 광마대제가 먼저 갑판을 박차고 도약하자 그들도 한꺼번에 허공으로 솟아올랐다.

가장 앞서 도약한 광마대제가 공중에서 외쳤다.

—크하핫! 높은 데서 보니까 이거 말고도 배 몇 척이 더 있구나! 이렇게 몇 번 해보고 제일 안 부서지는 튼튼한 배를 골라서 우리 것으로 만들도록 하자! 그래야 그 루나리언 놈을 찾아 육지에 도착할 수 있을 것 아니더냐! 크핫하하!

—우오오오!

콰앙! 콰앙! 콰앙!

범선은 그렇게 광마대제와 108 전사들의 놀이의 희생양이 되었다. 나름 후손들을 배려한 그들 덕에 사상자는 한 사람도 없었다.

그날 광마대제와 108 전사들은 범선 네 척을 더 침몰시킨 후에야 마음에 드는 배를 골랐다. 그들은 침몰하기 직전인 범선을 삐걱대며 이끌고 수평선 너머로 사라졌다.

갑자기 만난 그 재앙 앞에서 루펜하겐 선장과 선원들은 무력했다. 그들은 살아남은 사실 자체에 감사하며 넝마가 된 범선이 침몰하지 않도록 최선을 다해 배를 몰아야 했다.

덕분에 광마대제와 108 전사들은 생각보다 훨씬 일찍 육지에 올라설 수 있었다.

그런데 그들이 도착한 육지는 혼란의 도가니였다.

각지에서 날뛰기 시작한 광마병 때문이었다.

하지만 광마대제가 도착하자 이야기가 달라졌다.

—오호라, 이것들 봐라?

광마병들은 광마대제와 눈만 마주쳐도 온몸이 얼어붙어 벌벌 떨었다. 완벽한 복종이었다. 놈들은 알아서 대제 주변으로 몰려들었다.

그렇게 광마대제와 108 전사들이 이동하는 지역을 따라 광마병들의 군단이 자연스럽게 집결되고 있었다.

그들의 목적지는 시슬란이 있는 제국 수도 윈덤이었다.

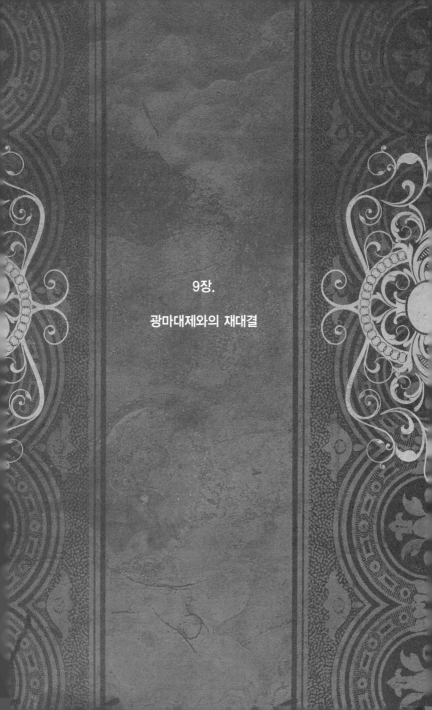

9장.

광마대제와의 재대결

## *1*

산이 움직인다.

쿠구구구구구……!

그것은 정말로 산이 움직이는 듯한 광경이었다. 수를 헤아릴 수 없는 머리와 머리의 물결. 성벽 위에서 그 광경을 지켜보던 제국 병사들은 저절로 호흡곤란이 올 듯한 압박감을 느껴야 했다.

척! 척! 척!

광마병들은 의외로 질서 정연한 모습이었다. 그들은 단 1센티도 틀리지 않고 오와 열을 맞춘 채 걸어왔다. 심지어 척척 내딛는 그 걸음의 박자마저도 완벽하게 일치했다. 그래서 그토록 많은 광마병들이 다가오고 있음에도 발걸음 소리는 딱 하나밖에 없었다.

물론 그 통일된 소리는 벼락보다도 사납게, 천둥보다도 위협적으로, 굽이치던 산허리마저도 저절로 몸을 떨 정도로 위압적으로 느껴졌다.

게다가 광마병의 물결은 황도 앞 평원을 지나 저 뒤편의 산자락까지 이어져 있었다. 그사이에도 공터라곤 보이지 않았다. 오로지 광마병의 머리, 머리, 그리고 머리…… 그 드넓은 평원 전체를 광마병들이 가득 메우고 있었다. 아니, 어쩌면 저 산자락 너머에도 더 많은 수의 광마병들이 우글거리고 있을지도 모른다.

"제, 젠장! 이것들…… 완전 개미 떼잖아, 이거."

야니카가 짓씹듯 이죽거렸지만 살 떨리는 그 농담에 반응하는 자는 아무도 없었다. 실은 농담이라기엔 야니카의 목소리가 지나치게 떨린 탓도 있었다.

물론 소수의 예외도 있긴 했다.

"아르르르릉……."

안주머니에서 고개만 빠끔 내민 바실이는 황도를 향해 밀려오는 광마병들의 물결을 보며 송곳니를 드러냈다. 오면 깨물어 버리겠단 듯이.

아직 독니가 다 자라지도 않은 어린 바실리스크는 그렇게 생각하며 자신을 품에 안은 이를 향해 고개를 들어 올렸다.

바실이의 시선이 올라갔다.

그곳에는 공포에 전염되지 않은 또 다른 예외자, 시슬란이
있었다.

그가 피식 웃더니 어린 바실리스크의 머리를 살살 쓰다듬
으며 묻는다.

"두렵지 않나?"

"으듀듀? 듀!"

결연하게 도리도리.

시슬란의 입가에 다시금 웃음이 핀다. 그동안에도 그의
눈길은 광마병의 행렬에 고정되어 있었다.

'숫자가 많아. 다 막을 수 있을까?'

너무나 오만하게도, 그는 지금 패배가 아닌 다른 점을 고
심하며 분석하고 있었다. 자신이 혼자서 저 광마병들을 모두
쓸어버릴 수 있을 것인가.

문득 그의 시선이 광마병들의 물결 저 너머, 산자락의 능
선이 시작되는 장소를 향해 움직였다. 그리고 어느 지점에서
멈추었다.

"……."

순간 그는 자신도 모르게 이를 질끈 깨물었다.

눈이 마주쳤다.

비록 수 킬로미터의 거리가 있건만, 그도, 상대도 그 사실을 명확하게 인지했다.

시슬란은 직감했다.

자신이 방금 광마대제와 눈이 마주쳤음을.

'저기에 있었군.'

시선이 마주친 것만으로도 압도적인 존재감이 느껴졌다. 시슬란이 지금껏 경험한 어떤 상대보다도 거대한 압박감이었다.

그러나 시슬란은 눈을 피하지 않았다.

잠시였지만 치열한 눈싸움이 수 킬로미터의 거리를 사이에 두고 벌어졌다. 그리고 어느 순간, 약속이나 한 듯 동시에 서로를 외면했다.

피식.

시슬란은 웃고 말았다.

어느새 주먹을 부서져라 쥐고 있는 자신을 발견했기 때문이다.

하지만 그는 알았다.

'이건 인사일 뿐이다.'

차라리 잘되었다는 생각마저 들었다.

저 광마대제를 꺾으면 이 난리를 단숨에 잠재울 수 있으리라. 그리고 운이 좋다면 모든 혼란을 수습한 다음에 루나티카로 돌아갈 진짜 방법을 알아낼 수도 있을 것이다.

'조금 피곤하겠지만 일이 더 쉬워질 수도.'

그 생각을 하는 그에게선 어느새 일렁거리는 그림자가 저절로 피어나고 있었다.


제국 원년.

일곱째 달의 스물여덟 번째 별이 뜨던 날.

제국의 황도 수비군은 황도를 포위한 광마병들과 첫인사를 나누었다.

그것은 인사치고는 거친 행위였다.

칼과 창이 날아다니고 대포가 불을 뿜었다.

하지만 그 무엇보다도 더 많은 광마병들을 집어삼켜 폐기품으로 만들어 버린 것은 단연코 일렁이는 그림자였다. 그림자는 일말의 망설임도, 자비심도 없이 성벽을 까맣게 뒤덮어 오는 광마병들의 물결을 더욱 새까만 폭력으로 거칠게 후려쳤다.

그러는 와중에도 시슬란은 아까부터 신경을 건드리고 있는 광마대제의 동향에서 눈을 떼지 않았다.

어쩐 일인지 전투가 시작되고 한참이 지나고 있건만, 광마대제는 물론이고 108 전사도 전혀 움직일 기미를 보이지 않고 있었다.

전투는 계속 이어졌다.


## 2


"와아아아!"

함성이 하늘을 찌른다.

그 아래, 제국 황도는 유례없는 격전의 소용돌이에 휘말려 있었다.

"죽여!"

콰직!

"막아!"

채애앵!

성벽을 둘러싸고 곳곳에서 인간과 광마병들의 공방전이 벌어지는 중이었다. 초거대 골렘으로 변신한 제피도 성문을 지키며 활약하고 있었다.

그런가 하면, 가디언 아시우트는 하늘을 날아다니며 곳곳의 상황을 정찰하면서도 때론 광마병들의 시야를 어지럽혔고, 네 번째 가디언 아쿠아로스는 지면을 따라 발밑을 흘러다니다가 순간적으로 광마병들을 기습하곤 했다.

그리고 그중에서도 유달리 돋보이는 존재는 다섯 번째 가디언, 밀라스였다.

온몸이 거울로 만들어진, 사람 크기의 인형인 밀라스는 상대가 어떤 존재이건 간에 그 모습을 비추어 흉내 내고 똑같은 기술로 더욱 강력하게 반격하는 특기를 지니고 있었다. 그 탓에 시슬란도 다섯 번째 마나홀을 해체할 당시 뜻밖의 난감함을 겪기도 했던 까다로운 상대였다.

그런 밀라스를 까다롭게 느끼기는 광마병들도 마찬가지였다. 밀라스는 거리낌 없이 광마병들 사이로 뚜벅뚜벅 걸어들어갔다. 하지만 광마병들은 매번 밀라스의 존재를 한참이나 뒤늦게 깨닫고는 깜짝 놀라곤 했다.

그러나 그땐 이미 때가 늦어 있었다.

챙그랑!

밀라스의 전신을 뒤덮은 거울에 주변 광마병들의 모습이 담기는 순간, 거울이 모조리 깨졌다. 동시에 거울에 비추어졌던 광마병들의 몸이 거울이 깨지던 것과 똑같은 모양으로 박살 났다.

그렇듯 곳곳에서 가디언들이 활약하고 있었지만, 전체적인 형세는 인간에게 불리하게 돌아가고 있었다.

그들은 벌써 닷새째 휴식도, 수면도 제대로 없이 싸우는 중이었다. 주먹밥도 싸우면서 급히 먹었고, 정말로 잠깐씩 소강상태가 오면 몇 분씩 선 채로 졸았다.

그렇게 5일을 버텼다.

결국, 황도 수비군 병사들은 극도의 피로감에 쓰러질 지경이 되었다.

반면 광마병들은 멀쩡했다. 그들은 휴식이 필요하지도 않았다. 게다가 숫자가 징그럽도록 많았다. 그러니 시간이 갈수록 불리해지는 것은 인간 쪽이었다.

"제, 젠장! 도와줘!"

어느 병사가 성벽을 기어 올라온 광마병에게 쩔쩔매며 비명을 질렀다.

하지만 주변의 누구 하나 그를 도와주지 못했다. 그럴 여유가 없었기 때문이다.

병사는 자신을 향해 떨어져 내려오는 광마병의 주먹을 보며 눈을 질끈 감았다.

그러나 운명의 사신은 병사를 데려가지 않았다.

대신 광마병의 운명을 거두어 갔다.

샤아아아!

스산한 소리가 울린다 싶은 순간, 병사 바로 앞쪽 허공에 검은 구체가 생겨났다. 검은 구체는 막강한 흡입력을 발휘했다. 마치 보이지 않는 손이 수십 개가 달리기라도 한 듯, 병사를 향해 달려들던 광마병의 뒷덜미를 붙잡아 쑥 끌어당겼다.

그리고 산산이 부서졌다.

쩌엉—!

"......!"

단말마.

광마병은 붕괴되는 구체 속에서 찌그러져 흔적도 남기지
못했다.

그리고 그 자리에 시슬란이 나타났다.

"죽지 마라."

얼떨떨해하는 병사를 향해 시슬란은 짤막한 한마디만 남
기고 성벽 위로 도약했다.

"후우......!"

한숨.

모처럼 숨을 돌리는 것이 얼마 만인지 모를 지경이었다.

그는 다소 거칠어진 호흡을 가다듬으며 황도의 성벽과 수
많은 성문을 쭈욱 훑어보았다.

곳곳이 위태로운 고함을 내지르고 있었다.

"......."

이대로 가면 무너진다.

그는 직감했다.

이미 황도 수비군의 피로는 극에 달한 상태였다. 모두가
차마 쓰러지지 못해 겨우 싸우고 있었다. 이제는 당장 무너

진다 해도 하등 이상할 것이 없을 지경이었다.

'어떻게 하지?'

그는 고민했다.

사실 이 절망적인 싸움을 극적으로 뒤집을 방법을 그는 알고 있었다.

솔라리스 대륙의 모든 국가를 복속시킬 때처럼, 이 평원에 모인 광마병 전체를 그림자의 지배 아래로 끌어당겨 제압해 버리면 된다.

하지만 그 뒤가 문제였다.

광마대제와 108 전사들이 호시탐탐 자신을 노려보고 있다는 사실을, 시슬란은 잊지 않고 있었다.

광마병 군단을 쓸어버리기 위해 시슬란이 큰 기술을 쓰고 빈틈이 생기는 순간, 광마대제는 곧바로 힘을 드러낼 것이다.

시슬란의 시선이 성벽 아래의 평원 너머, 광마병들의 물결 저 뒤편을 주시했다.

그러자 그곳에 있던 광마대제도 오연히 그의 시선을 받아 냈다. 그 눈빛이 말해 오고 있는 듯했다. 올 테면 와서 겨루어 보자고.

으득!

시슬란은 조용한 얼굴로 이를 질끈 깨물었다.

지금 당장 성벽을 버리고 광마대제를 제압하면? 만일 그게 성공하기만 한다면 우두머리를 잃은 광마병들은 자멸하고 말리라.

하지만 그 방법에도 문제는 있었다.

자신이 저들을 제압하는 데 얼마나 시간이 걸릴지 알 수 없다는 것이 바로 그 문제의 핵심이었다. 즉 최악의 경우, 자신이 광마대제와 싸우는 동안 황도를 지키는 모든 병력이 몰살당할 수도 있었다.

그 사실을 너무나 잘 알기에 시슬란은 닷새째 무리하지 않는 선에서만 힘을 사용하고 있었다.

하지만 이제는 결정을 내려야 함을, 그는 깨달았다.

더 시간을 끌어도 상황은 나아지지 않으리라.

아니, 계속 나빠지기만 하리라.

'하자.'

그는 결정했다.

이대로 가면 반드시 무너진다. 자신이 남아서 성벽을 지켜보았자 무너지는 시간을 늦출 뿐, 무너진다는 사실이 변하지는 않는다.

결단을 내리면서도 그는 입술을 깨물었다.

'나 대신 광마병들을 막아 줄 전력이 있다면.'

그것이 못내 아쉬운 시슬란이었다.

한데, 그가 막 성벽을 박차고 광마대제를 향해 달려가려던 참이었다.

쏴아아아…… 쿠와아아앙!

새하얀 빛이 성벽 앞 공터에 내리쬐는가 싶더니, 곧 맹렬한 폭발이 일어나 한 무리의 광마병들을 찢어발겨 버렸다.

그리고 그 자리로 새하얀 법복을 입은 한 노인이 천천히 내려섰다.

시슬란은 그의 정체를 곧바로 알아보았다.

"교황?"

눈썹을 찡그리는 그를 향해 교황, 요하네스 유스문트 2세가 싱긋 웃으며 고개를 들었다.

"오랜만이오, 황제."

"교황께서 여길 어떻게……."

설마하니 교황이 직접 이 전쟁터에 모습을 보이리라곤 상상도 못했던 시슬란이었다.

그때였다.

쏴아아아아…… 쿠쾅! 콰쾅!

앞서 교황이 내리쬔 빛보다 약간 규모가 작은 빛줄기 여러 다발이 주변의 지면에 꽂혔다. 그리고 연달아 폭발했다.

그 결과, 성벽 앞 일대가 쑥대밭이 되어 버렸다.

그리고 교황과 비슷한 새하얀 법복의 사내들이 연달아 모습을 드러냈다. 교황과 함께 온 추기경들이었다.

교황이 말했다.

"전사자가 많아지면 신도도 줄어들고 교세도 꺾이는 법이 외다. 우리라고 이 상황에 잠자코 있을 수는 없지 않겠소?"

쏴아아아!

성스러운 오러가 교황의 전신에서 솟구쳐 나와 성벽 위를 뒤덮었다. 성벽 위엔 지친 병사들이 있었다. 그런데 교황의 오러에 뒤덮이자 그들의 깊던 피로가 씻은 듯이 사라졌다.

"우오오오!"

성벽 위 병사들의 사기가 치솟았다.

교황이 시슬란을 올려다보며 웃었다.

"다녀오시오. 여긴 염려 마시고."

"고맙소."

시슬란은 그림자에 몸을 실었다.

지면을 따라, 광마병들의 물결을 거슬러, 달빛의 틈새를 따라 순식간에 평원을 가로질렀다.

그리고 멈추었다.

휘이이잉…….

바람이 서늘한 밤하늘을 휘젓는다.

그 아래 모습을 드러낸 시슬란은 자신을 바라보는 존재를 향해 빙긋 웃으며 이를 드러냈다.

광마대제와의 두 번째 대면이었다.


## 3

바람이 분다.

묘한 열기가 스민 바람이었다.

시슬란은 그 열기의 정체를 알고 있었다. 바로 광마대제의 전신에서 흘러나오는 기운이었다.

시슬란이 말했다.

"내 목판, 그대가 가지고 있소?"

—목판?

"그렇소. 그때 날 지하 공간에 떨어뜨릴 때, 내 품에서 흘러나왔을 텐데."

—아아, 그거.

광마대제가 히죽 웃었다.

—부숴 버렸는데?

"……."

시슬란의 눈썹이 꿈틀했다.

—그래도 인마, 흥분하지 말라고. 그거 내가 읽어 봤는데 똑바로 된 소린 하나도 없더만. 그거 다 거짓말이라고.

"……거짓말?"

—그래, 이놈아. 내가 그 크라갈이다. 광마대제 크라갈. 근데 뭐? 내가 이 세계를 멸망시키려 해? 귀신 씻나락 까먹는 소리 하고 자빠졌네. 내가 수시아 그 계집의 잔망스러운 꾐에 빠져서 조금 날뛰긴 했어도 솔직히 그 정도는 아니었다, 이놈아. 게다가 샨, 그놈한테 금방 제압당해 버렸단 말이다.

시슬란은 대답하지 않았다.

그는 광마대제의 말을 온전히 믿지 않았다. 기색으로 보아 광마대제도 이쪽이 자신의 말을 믿어 주길 기대하지는 않는 듯했다.

시슬란과 광마대제가 서로를 향해 서서히 다가갔다.

화르르륵!

샤아아아!

불꽃과 그림자가 서로의 영역을 침식하며 힘겨루기를 시작했다. 그러나 둘의 거리가 가까워지면서 힘의 우열이 뚜렷하게 드러났다.

불길은 더욱 밝은 빛을 뿌렸고, 그림자는 그만큼 뒤로 밀려났다.

하지만 시슬란의 표정은 흔들리지 않았다.

광마대제가 의외란 눈빛을 보냈다.

―이것 봐라?

오히려 긴장한 쪽은 광마대제였다.

이유가 곧 드러났다.

―크하앗!

화르르르륵!

광마대제가 온몸에 불길을 두르고서 시슬란을 향해 돌격했다. 그의 주변을 잠식하려던 그림자가 갈가리 찢겨 사방으로 튕겨 나갔다.

후우웅!

육중한 일격이 시슬란이 자리한 공간 자체를 꿰뚫었다.

그러나 그때 이미 시슬란은 그곳에 없었다.

샤아아아!

아주 잠깐 모습을 감췄던 시슬란이 다시 나타난 곳은 바로 광마대제의 근처, 그가 발하는 빛으로 생겨난 그림자 속이었다.

―어딜!

투콰학!

광마대제가 재빠르게 반응했지만 시슬란의 반응은 그것보다 반 박자 더 빨랐다.

샤아아! 퍼엉!

―큽?

시슬란은 다시 그림자 속으로 사라졌고, 그와 거의 동시에 다른 곳의 그림자에서 모습을 나타내 광마대제의 등에 타격을 입혔다.

놀란 광마대제가 몸을 돌렸을 때, 시슬란은 이미 백 미터는 떨어진 곳의 그림자 속에서 모습을 드러내고 있었다.

―쥐새끼 같은 놈!

시슬란의 전법을 깨달은 광마대제가 이를 갈았다.

자신이 발하는 빛이 강력할수록 그림자도 선명해진다. 그만큼 시슬란이 활용할 수 있는 그림자의 힘과 속도도 강해진다는 뜻이었다.

그렇다고 빛을 발하는 걸 멈추면 그때부터 본격적으로 시슬란의 그림자가 자신을 옭아매려 할 것이다. 그건 일찍이 샨 대제와 함께 지내면서 많이 겪어 본 전개였다.

―이래서 루나리언 놈들이 짜증 나는 거야!

광마대제가 포효하며 돌진했다.

시슬란은 다시 그림자를 넘나들며 그를 괴롭혔다.

기나긴 공방전이 이어졌다.

콰아앙! 콰앙!

광마대제의 주먹이 열기를 내뿜을 때마다 주변의 지형이 바뀌었다. 한 번만 스쳐도 돌이킬 수 없는 막강한 위력을 지닌 공격이었다.

그러나 시슬란의 그림자는 광마대제의 일격에 스치지도 않았다. 그는 광마대제와 같은 한 방의 위력은 없었지만 끝없이 광마대제를 괴롭히며 조금씩 힘을 소모시켰다.

이것은 지난번 광마대제와의 대결에서 참혹한 경험을 한 시슬란이 생각해 낸 방법이었다. 또한, 자신과 광마대제의 특성을 잘 이해하고 활용하는 전투 방법이기도 했다.

―크아아! 이놈이!

작전에 걸려든 광마대제가 조금씩 초조함을 드러냈다. 그럴수록 그의 공격은 더욱 위력적으로 변했고, 그만큼 빈틈이 조금씩 노출되었다.

시슬란은 그 틈을 놓치지 않았다.

샤아아아아아!

한순간, 그림자가 지금까지의 어떤 순간보다도 강렬하게 사방을 잠식했다. 광마대제가 강력한 공격을 실패한 바로 다음 순간의 일이었다.

―……어?

사방을 잠식한 그림자는 광마대제를 직접 공격하지는 않았다. 대신 광마대제가 자리한 일대의 지표면을 한 꺼풀 벗겨 내듯 완전히 뜯어내 버렸다.

콰드드드드득!

막대한 양의 지형 파괴!

그렇게 만들어진 엄청난 양의 토사가 그림자에 실려 광마대제를 덮쳤다.

콰콰콰콰콰콰—!

그 순간, 광마대제의 온몸이 백색으로 빛났다.

화르르륵!

몰려들던 토사가 한꺼번에 증발해 버렸다.

그러고도 대제의 몸에서 쏟아져 나오는 빛과 열기는 전혀 줄어들지 않았다. 마치 지상에 태양이 내려온 것처럼 환하고 뜨거웠다.

—크크크큭! 겨우 이 정도냐? ……어?

그러나 광마대제는 이내 뭔가 일이 잘못되었다는 걸 깨달았다. 시슬란이 어디에도 보이지 않았다.

혹시?

주변을 살폈다.

그러나 자신에게서 쏟아져 나오는 빛 때문에 주변에 그림자라곤 한 조각도 없었다. 일대의 지면 자체가 막강한 열기에 반쯤 녹아 버려 유리처럼 반질반질해진 까닭이었다.

그러나 그림자가 없다고 생각한 건 광마대제의 착각이었다.

샤아아아! 쿠구구구……!

—……!

돌연 땅이 흔들리는가 싶더니, 광마대제가 밟고 있는 일대의 지면 전체가 들썩이기 시작했다. 그리고 조금씩 한꺼번에 허공으로 떠올랐다.

　―무, 무슨!

　그제야 광마대제는 상황을 깨달았다.

　자신이 아무리 빛을 내고 있어도 한 곳만은 비출 수 없다는 사실을.

　그건 바로 땅속이었다.

　지금 시슬란은, 광마대제가 있는 지역 일대의 지면 전체를 그림자로 들어 올려 버리고 있는 것이었다.

　―무슨 이런 무식한!

　콰앙!

　광마대제의 주먹이 지면을 내리찍었다.

　단 한 번의 일격에 주변으로 지름 몇 미터짜리 구멍이 생겨났다.

　하지만 시슬란의 그림자가 들어 올린 지면의 면적은 그보다 훨씬 넓었다. 그리고 그렇게 허공에 떠오른 지면 덩어리 아래로 더욱 짙은 그림자가 드리워졌다.

　샤아아아악!

　거대한 그림자의 창이 수직으로 솟구쳤다.

　목표는 광마대제의 몸통이었다.

―어림도 없다!

화르르륵!

광마대제의 두 팔을 따라 두 줄기 백열의 불꽃이 피어났
다. 빛과 열기로 만들어진 두 마리 광룡이 꿈틀거리듯 주먹
과 팔, 이윽고 광마대제의 전신을 휘감았다.

암흑의 창.

백열의 광룡.

두 상반되는 힘의 결정체가 허공에 뜬 지면을 사이에 두고
정면으로 격돌했다.

투확······!

충격파가 황도 전체로 퍼졌다.

―크아아아아!

"······!"

사력을 다한 광마대제와 시슬란의 정면 격돌이었다.

그렇기에 이 순간 시슬란도, 광마대제도 모르고 있는 사
실이 하나 있었다.

자신들을 동시에 노리는 눈동자가 전장 곳곳에 숨어 있다
는 사실을.

아무도 모르는 사이, 음침한 계략의 검이 칼집을 벗어났
다.

그 검날엔 머리 셋 달린 뱀의 문양이 새겨져 있었다.

*4*

"로후아!"

화아아악!

교황의 외침과 함께 성벽을 향해 달려들던 광마병 다섯이 순식간에 소멸하고 말았다. 성스러운 빛이 감싸는 순간, 먼지보다 작은 단위로 분해되어 버린 까닭이었다.

그런 교황의 곁에선 추기경들이 힘을 보태며 병사들의 분전을 독려하고 있었다.

하지만 성벽은 위태로운 상황이었다.

광마병보다 훨씬 위협적인 108 전사들의 가세 때문이었다.

—다 쓸어버려!

—크핫하하하하!

—평소 대장한테 받은 울분을 마음껏 풀어 주마!

108 전사는 광마병과 비교도 되지 않을 만큼 강력했다. 그들이 날뛰는 곳마다 성벽에 균열이 갔다.

게다가 시슬란과 광마대제의 힘이 충돌할 때마다 쏟아져 나오는 충격파가, 그렇지 않아도 위태로운 성벽의 상태를 더욱 악화시키고 있었다.

교황의 이마에 진땀이 치솟았다.

'시간이 없다……. 대체 언제까지 기다려야 합니까?'

간절하고 절박한 심정으로 교황은 버티고 또 버텼다.

그러나 그가 바라보며 묻는 대상은 시슬란이 아니었다.
그는 시슬란과 광마대제의 격전지는 거들떠보지도 않고 있
었다.

'어서 신호를 보내 주십시오!'

교황이 바라보는 곳, 그곳은 황성이 있는 방향이었다.


## 5


"……."

병실 침상에서 상체를 일으킨 카탈리나는 멍한 표정이었
다. 그녀는 의아한 눈으로 자신의 양손을 번갈아 쳐다보았
다. 그러더니 고개를 돌려 벽에 걸린 거울로 시선을 던졌다.

거울 속 자신의 얼굴을 마주 보는 그녀의 눈동자는 심하
게 흔들리고 있었다.

그녀는 마치 확인하듯 거울 속의 자신을 이리저리 둘러보
았다.

입술이 어색한 웃음을 그렸다.

"우후후…… 그래, 그랬구나……."

한참이나 몸을 들썩이던 그녀의 웃음이 잦아들었다.

마치 한숨처럼 그녀가 속삭였다.

"그동안 내가…… 기나긴 꿈을 꾸었구나."

자리에서·일어난 그녀는 병실을 나섰다.

10장.

카탈리나와 수시아

# 1

"끼야아아악!"

야니카는 사력을 다해 거검을 휘둘렀다.

그녀가 딛고 선 성벽에 조금씩 균열이 생기고 있었지만 그녀는 자신의 위치를 끝까지 고수할 생각이었다.

'내가 물러나면 날 따르는 병사들이 다 죽는다!'

그녀는 지휘관이었기에 적어도 전쟁터에서 그녀의 목숨은 그녀 자신만의 것이 아닌 셈이었다.

또한, 그녀를 따르는 병사들도 자신의 안전을 돌보지 않고 온 힘을 다해 싸우고 막았다. 쭉 이렇게만 계속해 주면, 광마병들의 공세도 그럭저럭 버틸 수 있을 것 같았다.

하지만 한 존재가 나타나면서 그 균형이 단숨에 무너지고
말았다.

—크핫하하! 제법 잘 싸우는 계집이구만!

콰아앙!

하늘에서 뚝 떨어지듯 착지한 새하얀 대리석상.

광마대제의 108 전사 중의 하나인 하다트였다.

하다트와 눈이 마주친 순간, 야니카는 전신의 털이 쭈뼛
서는 느낌을 받았다.

'강적이다!'

불길한 예감을 받은 그녀가 병사들에게 외쳤다.

"다들 물러나라! 물러나!"

그러나 하다트의 행동은 야니카의 생각보다 훨씬 빨랐다.

—감히 어딜! 흥!

퍼퍽! 콰앙!

"크억!"

"허으악!"

하다트가 불쑥 달려들며 병사들을 톡톡 건드렸다. 그것
만으로도 병사들은 목숨을 잃거나 중상을 입고 전투 불능이
되었다.

"감히! 끼야아아아악!"

야니카가 벼락처럼 뛰쳐나가며 하다트의 머리를 향해 거

검을 내리찍었다.

그녀의 온 힘이 깃든 섬전 같은 일격이었다.

하지만 하다트의 입장에서는 조금 달랐다.

—뭐냐, 이 파리도 앉을 느려 터진 검은?

챙강.

하다트가 손가락을 퉁기자 야니카의 거검은 이쑤시개처럼 허무하게 부러지고 말았다.

그러나 야니카는 그 정도로 기죽지 않았다.

이 정도는 이미 달려들 때부터 예상했던 그녀였다.

"스읍!"

당황하지 않고 곧바로 호흡을 정돈하며 몸을 반 바퀴 회전시켰다. 하다트의 손가락에 퉁겨 나온 검에 실린 반동에 회전력이 더해졌다. 그리고 그녀의 체중이 합쳐졌다.

반 토막 난 거검이 방심하던 하다트의 허리를 후려쳤다.

콰지직!

—……어라?

예상치 못했던 충격에 하다트가 고개를 갸웃거리며 자신의 허리를 내려다보았다.

야니카의 토막 난 거검이 허리에 닿아 있었다.

그러나 허리에 박히거나 하진 않았다.

하다트가 인상을 팍 찌푸렸다.

―이거 뭐야! 스크래치 났잖아!

야니카의 안색이 창백해졌다.

나름 전력을 다한 일격이었다. 그런데 타격을 입히기는커 녕 작은 흠을 새기는 게 다라니.

'공격이 먹히질 않아. 이 괴물을 어떻게 상대해야 하는 거지?'

막막했다.

그러나 하다트는 그런 야니카의 사정을 봐주지 않았다. 오히려 흥미로운 장난감을 발견한 맹수처럼 히죽 웃었다.

―너 재밌는 계집이네. 나랑 놀자.

톡, 콰앙!

"……!"

하다트의 가벼운 일격에 야니카의 몸이 수직으로 3미터나 떠올랐다.

야니카는 저도 모르게 이를 꽉 깨물었다. 그러지 않으면 정신을 잃을 것 같았다.

허공에서 허우적거리는 사이, 자신을 바라보던 하다트와 눈이 마주쳤다.

압도적인 패배감이 밀려왔다.

하다트가 야니카의 허리를 붙잡았다. 그리고 그대로 땅바 닥에 메다꽂아 버렸다.

콰아앙!

"크흐억!"

비명과 함께 입에서 피가 왈칵 뿜어졌다. 갈비뼈가 부러진 걸까. 끔찍한 통증이 가슴을 옥죄었다.

멈추려 해도 계속 기침이 나왔다.

그리고 그때마다 기침 속에 피가 배어 나왔다.

—어이, 야, 괜찮냐? 내가 너무 심했냐?

당황한 하다트가 쓰러진 야니카 앞에 쪼그려 앉았다. 그리고 그녀의 얼굴 앞에 손을 휘휘 흔들었다. 마치 잘못 다루어 망가진 장난감을 보는 악동 같은 표정이었다.

야니카는 대답할 힘이 있기는커녕 기절하지 않기 위해 모든 힘을 소모하고 있는 상황이었다.

그런 야니카를 보며 하다트가 아쉬운 듯 혀를 찼다.

—쯧쯧, 안 되겠네. 미안하다. 그냥 가라.

일어선 하다트가 한 발을 들어 올렸다.

그대로 야니카를 밟아 숨통을 끊어 줄 생각이었다.

하지만 하다트는 곧 동작을 멈추어야 했다.

"그만."

뒤에서 들려온 나직한 목소리 때문이었다.

—어?

목소리가 들려온 쪽을 돌아본 하다트의 눈이 휘둥그레졌

다. 전혀 예상 못한 상대가 그쪽에 있었기 때문이다.

—넌 또 뭐야?

사라락, 사라락.

푹신한 슬리퍼를 신은 하얀 발이 움직였다.

그 위로는 하늘하늘한 새하얀 잠옷이 미풍에 흔들거리고 있었고, 물결치는 붉은 머리칼이 흐르듯 자연스럽게 흘러내리고 있었다.

상대가 가녀린 여자라는 걸 안 하다트가 히죽 웃었다.

—그럼 다음 상대는 너냐? 조금만 기다려라. 일단 여기부터 처리하고…….

하다트가 들어 올렸던 발을 야니카를 향해 내리찍었다.

그때였다.

투확!

강렬한 충격파가 하다트의 하체를 꿰뚫었다.

—……어?

하다트는 내리찍으려던 발을 다시는 움직이지 못하게 되었다. 그쪽 다리가 통째로 사라졌기 때문이다.

—뭐, 뭐야!

당황한 하다트가 외치는 순간이었다.

"내파."

작은 속삭임과 함께 하다트의 몸이 내부에서부터 폭죽 터지듯 연달아 붕괴하기 시작했다.

—커, 커으억! 대, 대자앙!

와사삭!

비명 한마디만을 남기고 하다트는 대리석 조각으로 잘게
쪼개지고 말았다.

그리고 푹신한 슬리퍼를 신은 하얀 발이 대리석 조각들을
밟으며 야니카에게 다가왔다.

숨을 헐떡이며 그 모든 과정을 지켜보던 야니카가 간신히
한마디를 내뱉고는 정신을 잃었다.

"아…… 아가씨?"


*2*


휘오오오…….

카탈리나는 고민하며 정신을 잃은 야니카를 내려다보고
있었다.

죽일까?

오랜 시간 잠자던 그녀의 진정한 자아가 문득 떠올린 생
각이었다.

하지만 그녀는 야니카를 죽이지 않았다.

'그럴 가치도 없어. 놔둬도 알아서 죽겠군.'

그것이 카탈리나의 판단이었다.

그렇게 야니카를 버려두고 전장으로 걸음을 옮기려는데, 카탈리나의 내부에서 다른 목소리가 외쳤다.

'잠깐, 잠깐만! 저렇게 놔두면 야니카가 죽어! 그러지 마, 제발! 부탁이야, 제발!'

카탈리나가 싱긋 웃으며 그 목소리에게 대답했다.

'부탁? 한때의 정인가?'

'내 몸을 빼앗은 걸로 충분하잖아! 야니카는 살려 줘!'

'내 마음이야. 넌 입 다물고 꺼져.'

그녀는 자신의 내면으로 향하는 의식을 닫아 버렸다.

"보기보단 말 많은 계집이잖아? 귀찮아……."

툭.

야니카를 툭툭, 발끝으로 건드린 카탈리나는 성벽 위를 걸었다. 마치 산책하듯, 잠옷을 하늘거리며 걷는 그녀는 피와 함성, 비명이 난무하는 이곳 전쟁터에 너무나 이질적인 존재였다.

광마병을 맞이해 목숨 걸고 항전하던 병사들도 그녀의 모습에 깜짝 놀라 일순간 눈을 떼지 못했을 정도였다.

어느 하급 장교가 그녀에게 황급히 달려왔다.

"누구신지는 몰라도 여기 있으면 위험합……."

"시끄러워."

"크윽!"

카탈리나와 눈길이 마주친 순간, 장교가 픽 쓰러졌다.

당황하는 주변 병사들을 놔두고 그녀는 계속 성벽 위를 걸었다.

마침내 그녀가 걸음을 멈춘 곳은 교황이 직접 108 전사들과 대치하고 있는 장소였다.

무려 20명의 대리석 전사들이 몰아닥치고 있었지만 교황은 그들을 맞이해 밀리는 기색 없이 잘 버텨 내고 있었다. 오히려 대리석 전사들이 당황하며 제 실력을 발휘하지 못할 정도였다.

그 열띤 공방전을 성벽 위에서 지그시 감당하던 카탈리나가 요염하게 웃었다.

"못 본 사이에 실력이 많이 죽었구나, 요하네스. 지내기가 무척 편했나 봐?"

"헉?"

한창 대리석 전사들을 막아 내는 데 여념이 없던 교황, 요하네스 유스문트 2세가 깜짝 놀라 고개를 돌렸다.

그는 성벽 위의 카탈리나를 발견하고는 처음엔 의아한 표정을 지었다.

카탈리나는 여전히 싱긋 웃으며 그를 내려다보고 있었다.

그러길 잠시, 요하네스의 눈동자가 급격히 흔들렸다.

"서, 설마……?"

"그 설마가 맞느니라. 오랜만이구나, 요하네스. 아니, 요한."

"성모시여, 그…… 로젠 여백의 육체에 깃들어 계셨던 겁니까?"

"그렇노라."

교황으로부터 성모라 불린 카탈리나가 붉은 머리칼을 쓸어 올리며 말했다.

"자잘한 설명은 일단 뒤로 미루고, 내가 예지했던 모든 상황이 이토록 아름답게 꼭 들어맞았음을 기뻐하며, 계획대로 이곳을 정리해 보도록 할까?"

"좋습니다."

스르륵…….

카탈리나가 성벽 바깥 허공으로 발을 디뎠다.

하지만 그녀는 아래로 떨어지지 않았다.

보이지 않는 계단을 밟듯 자연스럽게 허공을 걸었다.

화아아악!

그녀의 하얀 잠옷과 붉은 머리칼이 폭발적으로 펄럭거렸다.

변화가 시작되었다.

노을처럼 붉던 그녀의 머리칼이 얼음을 연상시키는 창백한 하늘빛으로 변했다. 그리고 같은 색으로 변한 눈동자 속에서 이질적이고 요사한 문양이 떠올랐다.

머리 셋 달린 뱀의 문양이었다.

그녀의 목소리가 전장 전체에 메아리처럼 울렸다.

"부활의 성모, 수시아의 이름으로 명하노라. 그대들은 눈을 뜨라, 진정한 부활의 사도들이여."

카탈리나, 아니, 수시아의 목소리를 들은 순간, 전장에서 날뛰던 모든 광마병이 일제히 온몸을 떨었다. 그들의 눈빛이 바뀌었다.

키이이이이!

광마병의 이마에 머리 셋 달린 뱀의 문양이 피어났다.

그 순간, 광마병 일부가 근처에서 싸우던 광마대제의 대리석 전사들에게 달려갔다.

키이이익!

놈들은 앞뒤 재지 않고 대리석 전사들에게 달라붙었다.

—어? 뭐냐? 너희 뭐하는 거냐?

—뭐야, 이거 징그럽게! 안 떨어져!

대리석 전사들은 황당해하면서 광마병들을 떼어 놓으려 했다.

그때였다.

키이이이이잉······!

들러붙은 광마병의 몸에서 기이한 소리가 났다.

그리고.

콰아아앙—!

거세게 폭발하고 말았다.

—크아악!

광마병을 아군이라 생각하며 마음 놓고 있던 대리석 전사들은 그 난데없는 자폭 공격에 크나큰 타격을 받고 말았다.

전장 곳곳에서 그런 현상이 벌어졌다.

돌변한 광마병들이 성벽이 아닌, 광마대제의 108 전사들을 공격하기 시작했다.


## 3


콰콰콰콰!

샤아아아아!

시슬란과 광마대제의 격전은 계속 이어지고 있었다.

그것은 빛과 어둠의 치열한 영역 다툼이었다.

빛이 없으면 그림자는 존재하지 못하고, 그림자가 없으면

빛은 존재를 드러내지 못하는 법.

그렇기에 둘의 치열한 싸움은 영원한 평행선을 그릴 것처럼 쉽게 승부가 갈리지 않았다.

"헉! 허억!"

—후욱! 후우욱!

일대의 풍경은 이미 예전의 모습은 찾아볼 수도 없을 지경이었다. 지도를 새로 그려야 할 판이었다.

그럼에도 둘은 격전을 이어 갔다.

빛이 그림자를 밀어내고, 그림자가 빛을 잠식하고.

하지만 어느 순간, 영원히 이어질 것 같던 싸움에 변화가 찾아왔다.

그 변화는 환경의 변화였다.

해가 서서히 지고 있는 것이다.

샤아아아아아!

그림자가 더욱 강력해졌다.

반면 광마대제는 조금씩 수세로 몰렸다.

—크으으윽! 이놈!

화르륵!

광마대제가 더욱 열기와 빛을 끌어 올렸다.

그러나 아무리 지상에 내려온 태양처럼 밝게 빛난다 해도, 밤이 온 이상 그는 주변만 밝힐 수 있을 뿐 밤 자체를 몰아

낼 수는 없었다.

"이제 포기하시오."

시슬란이 나직하게 말하며 힘을 집중했다.

투우웅―!

하늘이 비틀렸다.

광대한 영역의 밤의 어둠 자체가 그림자에 동화되어 갔다. 그리고 거대한 압력으로 광마대제를 짓누르기 시작했다.

―크으…… 크가가가각!

광마대제의 발이, 무릎이, 허벅지가 차례로 땅속으로 푹 파고들었다. 주변의 지면에 커다란 균열이 급속도로 퍼져 갔다. 이제 광마대제는 시슬란의 손아귀에 붙들린 것이나 다름없는 상황이었다.

그때였다.

지이이이잉……!

기이한 진동.

"……!"

갑작스러운 강렬한 두통이 시슬란을 엄습했다.

그리고 어디선가 날아온 충격파가 광마대제의 한쪽 어깨를 관통했다.

투화악!

―크아악!

어깨가 쪼개지고, 광마대제의 왼팔 전체에 균열이 번졌다.

깜짝 놀란 시슬란은 충격파가 날아온 방향을 돌아보았다. 그 순간, 강렬한 충격이 그를 강타했다.

투확!

"⋯⋯!"

반사적으로 일으킨 그림자가 가까스로 직격을 막아 냈다.

하지만 그가 받은 충격은 절대 작지 않았다. 온몸을 해머로 두드려 맞은 듯한 느낌이었다.

그 충격이 가라앉기도 전에 2타, 3타가 연이어 날아왔다.

투확! 투화학! 쩌정!

그림자가 깨졌다.

시슬란은 간발의 차이로 고개를 젖혀 충격파를 피해 냈다. 그러지 않았다면 머리가 통째로 날아갔을 위력이었다.

'대체 누가?'

충격파는 분명 황도가 있는 방향에서 날아왔다.

시슬란은 그곳의 상공에 누군가가 떠 있다는 사실을 알아차렸다. 그리고 그 상대의 정체를 알아보고는 그대로 전신이 굳어 버리고 말았다.

"카탈리나, 그대가⋯⋯?"

## 4

바람이 분다.

이상하게도 그 바람은 매우 미세한 얼음 입자를 품고 있었다. 시슬란은 문득 생각했다. 아직은 얼음이 얼 만한 계절이 아닌데 이상하다고.

하지만 그는 이내 사소한 의문을 접어 버렸다. 그리고 자신의 정면에 버티고 선 존재를 노려보았다.

그러는 동안에도 뒤쪽, 황도에서 들려오는 격전의 소음은 이전보다 더욱 크게 들려오고 있었다. 이 순간에도 그가 아는 많은 사람들이 생사의 간극을 넘나들고 있을지도 모른다.

그는 앞에 선 존재를 노려보았다.

그녀는 카탈리나였다.

분명, 그가 아는 카탈리나가 맞았다.

아주 사소한 부분, 그러니까 이를테면 머리칼과 눈동자의 색이라든가 전체적인 인상이 미묘하게 달라졌다는 것만 빼면 카탈리나가 맞았다. 심지어 그녀가 입고 있는 잠옷도 카탈리나의 것이었다.

하지만 동시에 그녀는 시슬란이 모르는 사람이었다.

쩌저적, 쩌적……

그녀의 걸음이 움직이는 경로를 따라 아무것도 없던 바닥에 서리가 끼었다. 서리는 이내 뭉쳐 매끈한 얼음으로 변했다. 주변의 풀들이 순식간에 얼어붙었다. 바위도, 나무도 마찬가지였다.

심지어 그녀의 입김에도 혹한의 냉기가 서려 있었다. 얼음 입자를 뿌리며 나풀거리는 하늘빛 머리칼 사이에도, 살짝 찡그린 고운 눈썹에도 냉기가 날리고 있었다.

그뿐만이 아니었다.

싱긋, 그녀가 한기 어린 미소를 지었다.

"날 마주하고도 얼지를 않네?"

고저의 억양이 전혀 없는 목소리는 무척 고운 음색에도 불구하고 전혀 아름답게 느껴지지 않았다.

파랗다 못해 투명해 보이는 그녀의 눈동자도 마찬가지였다. 일견 차가워 보이는 그녀의 눈빛은 사람을 보는 눈빛이 아닌, 가축, 혹은 먹잇감을 보는 맹수의 그것을 닮아 있었다.

그녀의 미소, 혹은 비웃음이 짙어진다.

"난 그대를 알아. 흥미로워서 이 계집의 기억을 뒤져 봤어. 이 계집, 그대를 많이 좋아했더군. 이유가 뭘까 궁금했었는데, 직접 보니 알겠네. 사람 보는 눈이 있었나 봐, 이 계집 말이야. 깔깔깔."

"……그대는 누구지?"

"정식으로 인사하지. 내 이름은 수시아. 아주 예전 그쪽의 조상인……."

턱!

고저 없던 그녀의 말이 돌연 강제로 멈추어졌다.

수시아의 눈이 휘둥그레졌다.

'언제?'

어느새 바로 앞까지 다가온 시슬란의 손이 그녀의 얼굴을 정면에서 으스러뜨릴 듯 움켜쥐고 있었던 것이다.

"시끄럽다."

샤아아, 콰지직!

수시아의 얼굴을 움켜쥔 시슬란의 손아귀에서 그림자가 압축되었다 폭발했다. 충격력은 고스란히 수시아의 얼굴을 날려 버렸다. 졸지에 머리를 잃은 그녀의 몸뚱이가 부들부들 떨며 무릎을 꿇었다.

하지만 시슬란은 그녀의 시체의 참혹한 모습에도 아무런 감흥을 느끼지 못했다. 잔말 따위 들어줄 시간은 없었다. 그는 눈빛을 서늘하게 빛내며 다른 쪽의 허공을 노려보았다.

"분신을 시켜 자신을 소개하는 수준 낮은 예법은 어디서 배운 거지?"

쩌저적……!

어느새 시슬란의 다리가 통째로 얼어붙어 있었다.

그리고 제거된 줄 알았던 수시아가 멀쩡한 모습으로 냉기를 풀풀 날리며 시슬란 앞에 나타났다. 게다가 그녀의 숫자는 무려 다섯. 똑같은 모습의 수시아가 다섯이나 나타나 시슬란을 차갑게 노려보고 있었다.

그녀들이 한목소리로 동시에 입을 열었다.

"아직 소개가 끝나지 않았어. 내 이름은 수시아. 아주 예전 그쪽의 조상인 샨 대제, 그리고 저기 있는 돌머리 광마대제와 함께 부활의 사도를 만들었지."

"……뭐?"

부활의 사도? 샨 대제가?

"계속 소개하자면, 지금 네 앞에 있는 우리는 수시아의 사념이 만들어 낸 파편들이란다?"

고저 없는 음성이 더없이 섬뜩하다.

비로소 시슬란은 깨달았다.

저 여자는 카탈리나가 아니다. 모습은 비슷하지만 전혀 다른 사람이다. 그런데 왜? 왜 하필이면 카탈리나의 모습을 하고 있는 걸까?

문득 시슬란은 자신이 움켜쥔 주먹을 부들부들 떨고 있다는 사실을 자각했다.

쓰린 미소가 절로 배어 나왔다.

'그때가……생각나는군.'

루나티카에서 반란이 일어나던 날 밤, 자신을 배신했던 약혼녀가 떠올랐다.

자신을 사랑했기에 이럴 수밖에 없었다고 외치던 그녀의 표정이 지금 눈앞에서 카탈리나의 얼굴을 하고 잔혹한 목소리로 말하는 여자의 얼굴에 겹쳐 보였다.

그날 밤, 약혼녀를 손수 처단하며 눈물 없이 얼마나 울었는지 모른다. 스스로 심장을 뽑아 버리고 싶은 기분을 얼마나 억눌러야 했는지 모른다.

"재미있군."

시슬란의 입술이 비틀렸다.

그는 곧바로 모든 능력을 끌어 올렸다.

샤아아아아……!

그때부터였다.

달그림자가 미치는 주변의 모든 영역이 그의 공간으로 바뀌었다. 사소한 바람 한 줄기, 심지어 수시아의 파편들이 내뱉는 숨결까지도 어느 것 하나 그의 지배력을 벗어나지 못했다.

그림자로 만들어진 야수가 공간을 헤집기 시작했다.

콰콰콰!

그는 아주 작심을 하고서 수시아의 파편들을 짓이기고 깨부쉈다. 마치 거대한 분쇄기에 들어간 얼음덩이처럼 수시아의 파편들은 비명과 함께 갈리고 분쇄되었다.

이내 그림자가 걷혔다.

휘이이잉…….

난폭한 그림자 야수가 사라진 자리에 숨죽이고 있던 바람이 불어왔다.

하지만 이제 바람이 부는 아래의 풍경은 아까와 너무나 달라져 있었다. 시슬란을 제외한 주변의 모든 것이 갈리고 찢기고 분해되어 평평하게 변해 버린 까닭이었다.

아니 딱 하나, 광마대제만은 그나마 무사했다.

―크, 쿨룩! 헉! 허억……!

왼팔을 잃어버린 광마대제는 완전히 탈진했는지 바닥에 드러누워 있었다.

시슬란 또한 상태가 정상적인 것은 아니었다.

"후우……."

가뜩이나 지쳐 있던 상태에서 능력을 거칠게 개방한 만큼 몸에 무리가 가기도 하련만, 시슬란은 짤막한 숨만 한 번 뱉고는 모든 신체적 부담을 털어 냈다.

그런데 그때였다.

"시슬란 님?"

뒤쪽에서 들려온 가녀린 목소리에 시슬란은 반사적으로

고개를 돌렸다.

그곳에 카탈리나가 있었다.

아까의 수시아가 아닌, 노을빛 붉은 머리칼을 지닌 진짜 카탈리나가.

"시슬란 님!"

그녀는 다 해진 슬리퍼와 흙투성이가 된 발, 온통 더렵혀진 잠옷에도 아랑곳하지 않고 절뚝거리며 시슬란에게 달려왔다.

순간 시슬란의 눈빛이 흔들렸다.

'진짜일까?'

카탈리나가 여기에 나타난다는 건 상식적으로 말이 되지 않았다. 그녀는 병실에 누워 있었다. 아니, 어떻게 정신을 차렸다 해도 저 차림으로 치열한 전장인 성벽 일대를 지나 여기까지 혼자서 왔다는 게 말이 되지 않았다. 물론 그녀가 뛰어난 마법사라는 걸 백번 감안한다 하여도.

샤아아아!

시슬란의 지친 육신에서 피어난 그림자가 카탈리나의 어깨를 붙잡았다.

마침 그의 품에 안기려던 카탈리나가 깜짝 놀란 눈초리로 그를 올려다보았다.

"시, 시슬란 님?"

"그대…… 누구지?"

"시슬란 님, 저예요."

"말해. 누구지?"

"저, 정말이에요. 절…… 믿지 못하시나요?"

그를 올려다보는 카탈리나의 눈에서 그렁그렁하던 눈물 한 방울이 툭, 볼을 타고 떨어졌다.

푹!

"……!"

시슬란의 등이 움찔했다.

그가 천천히 고개를 들어 아래를 보았다.

뚝뚝…….

붉디붉은 피가 떨어져 바닥을 적시고 있었다.

피는 자신의 가슴에서 솟아나고 있었고.

그는 피식 웃고 말았다.

다시 한 번, 루나티카에서의 마지막 밤이 떠올랐다.

'그때와 너무 비슷하잖아.'

얼음으로 만들어진 냉기의 창이 그의 가슴을 관통해 있었다. 그리고 방금까지 눈물을 흘리던 카탈리나는…… 어느새 수시아의 모습으로 변해 있었다.

"생각보다 순진하네?"

아프다.

가슴이 아프다.

그러나 시슬란은 쓰러지지 않았다. 아니, 쓰러지지 못했다는 것이 더 정확할 것이다. 어느새 바닥에서 올라온 냉기가 그의 다리를 얼려 버리고 있었기 때문이다.

마치 소풍을 나온 소녀처럼 수시아가 손뼉을 치며 즐겁게 웃었다.

"역시 그렇지? 그럼 벌을 받아야겠네? 그럼 거기서 천천히 죽어 가며 구경하도록. 로열블러드가 서로를 어떤 방식으로 흡수하는지를 말이야."

해맑게 웃던 그녀의 눈동자에 떠오른 것은 광기였다. 그녀의 시선이 움직였다. 한쪽에 드러누워 있던 광마대제를 보며 그녀의 눈이 반짝였다.

—크, 크아악?

그녀의 시선을 받자마자 광마대제의 전신이 얼어붙기 시작했다. 쩌저적, 하고 서리가 내려앉나 싶더니 거대한 대리석 몸체가 조금씩 둔해졌다. 그리고는 완전히 굳어 버리고 말았다.

"우후후. 크라갈 오라버니, 당신도 너무 순진했어. 내게 속았던 그때나, 내가 짜놓은 각본 그대로 열심히 춤을 춰준 지금이나."

서서히 다가선 수시아가 광마대제의 이마를 쓰다듬었다.

그때였다.

쩌어엉―!

"……!"

갑작스러운 충격에 수시아는 저만치 날아갔다가 간신히 멈추어 섰다. 황급히 고개를 돌려 상대를 확인한 그녀의 눈이 부릅떠졌다.

"아니?"

방금까지 그녀가 있던 곳에 오연히 서 있는 이는 바로 시슬란이었다. 창에 뚫린 가슴에서 피를 철철 흘리며 눈을 빛내는 그 모습이 너무나 섬뜩하게 느껴졌다.

"뭐, 뭐지? 이미 움직일 수 없을 텐데? 아니, 이미 죽었어야 하는데?"

그녀는 의문을 느꼈지만 이 자리에 그녀의 의문을 풀어 줄 이는 아무도 없었다.

카가가각…… 카각…….

시슬란이 걸음을 옮기자 그의 가슴을 관통해 등으로 빠져나온 창날이 바닥에 긁혀 소리를 낸다. 천천히, 느릿하게. 하지만 그 걸음은 흔들림 없이 오직 수시아를 향해서만 다가왔다. 너무나 확실하게.

"다가오지 마!"

아주 조금이지만 당황한 수시아가 시슬란을 향해 냉기의

시선을 던졌다.

하지만 웬걸?

시슬란은 그녀의 시선을 받고도 전혀 얼지 않았다.

그의 걸음은 계속되었다.

카가가각…….

그제야 수시아는 깨달았다.

시슬란의 눈동자에 빛이 사라져 있다는 것을.

그 순간이었다.

샤아아아아아—!

빙원 전체가 일렁이기 시작했다. 검게 물들었다.

그리고 예전과는 전혀 다른 분위기의 그림자가 세상을 뒤덮기 시작했다.

11장.

시슬란의 죽음

# 1

'왜 예전에는 이걸 몰랐을까.'

멍해진 정신.

시간이 갈수록 흐려지는 의식 속에서 시슬란은 눈살을 찌푸렸다.

아프다.

가슴에서 느껴지는 선득한 고통이 그의 의식을 붙잡았다. 사실은 목숨을 빼앗아 가고 있는 고통이었지만, 동시에 아이러니하게도 그 고통이 그의 의식을 지탱시켜 주고 있었다.

그는 눈을 떴다.

그러자 저 앞에 버티고 선 수시아, 그리고 쓰러진 광마대제가 보였다.

그는 저도 모르게 피식 웃었다.

전에는 보지 못했던 것도 함께 보였기 때문이다.

'저건 대체 뭘까.'

그는 가만히 자신이 새로이 발견한 '그것'을 주시했다. 그
것은 어디에나 있었다.

광마대제에게도, 수시아에게도 있었다.

심지어 생명 없는 사물인 공기와 얼음에도 있었다.

물론 자신에게도 있었다.

그것은 혼의 한 자락이었다.

아니, 그냥 혼이라기엔 어폐가 있다.

'보다 본질적인…… 마나라고도 할 수 없는 그 무엇.'

이를테면 그것은 모든 사물과 생명, 물체들에 깃들어 있
는 근원적인 기운이었다. 그리고 그 기운의 한 자락이 드리
워져 세상에 얼핏 드러나 있었다.

그게 바로 그림자였다.

비로소 시슬란은 자신이 왜 그림자에 힘을 부여하고 움직
일 수 있었는지를 완전히 이해했다. 모르고 있었지만 지금껏
자신은 저 물체의 근원의 자락을 통해 그림자를 움직여 왔던
것이다.

'전에는 왜 몰랐을까.'

정말로 전에는 몰랐다. 그림자를 움직인다는 것은 그에게 있어선 그냥 타고난 힘이었다. 누구나 자연스럽게 걷고 말하고 호흡하는 것처럼, 그에게는 그림자를 움직이는 것이 너무나 당연한 일이었다.

루나티카에서 했던 수련들도 결국 다를 바가 없었다. 그것은 단지 타고난 힘을 더욱 강력하게 해주는 훈련일 뿐이었다.

물론 솔라리스에 와서도 마찬가지였다. 루나티카와는 전혀 다른 환경에서 그 타고난 힘을 운용할 수 있도록 익숙해지는 과정일 뿐이었다.

그래서 그는 시간이 지날수록 처음 솔라리스에 왔던 때보다, 점점 더 루나티카에서처럼, 더 나아가 그때보다 더욱 강력하게 그림자를 다룰 수 있게 된 것이다.

피식.

그는 다시 웃었다.

이제는 안다.

전에는 몰랐지만, 이제는 알겠다.

죽음을 목전에 두고서야 그는 자신이 어떻게 그림자를 움직일 수 있었던 것인지, 그 원리를 비로소 완벽히 깨달았다.

'이걸 뭐라고 부를까.'

세상에 드러난 근원적인 기운의 한 자락.

시슬란은 잠시 그것의 호칭을 두고 고민했다.

고민은 길지 않았다.

'그래, 진혼. 진혼이라 부르자.'

명칭이야 어쨌건 상관없다.

중요한 것은 이 진혼의 존재를 깨달았고, 인지했다는 것.

그는 시선을 움직여 사방에 드러나 있는 진혼들을 바라보았다. 그리고 생각했다.

움직여라.

뚜렷한 목적을 지닌 의지는 힘이 되어 진혼에 직접적인 영향력을 행사했다. 그것은 표면에 드러난 그림자만을 가지고 힘을 발휘하던 때와는 차원이 다른 영향력을 만들었다. 영향력은 그대로 지배력으로 강화되었다.

압도적인.

샤아아아아―!

지금 이 순간, 그의 시야가 닿는 모든 범위의 진혼이 그에게 반응했다.

그림자가 춤을 춘다.

스스로 생명을 얻은 망령처럼 날뛴다.

하지만 그것은 어지럽지 않다. 모든 것이 통제 속에 있다.

문득, 시슬란은 그 각각의 진혼들이 모두 다른 성격을 지니고 있음도 깨달았다. 또한, 그중 한 자락의 진혼이 유별나게도 사나운 성질을 가지고 있음도 알았다.

바로 수시아의 진혼이었다.

그의 조용한 시선이 수시아를 향했다.

"헉!"

화살이라도 맞은 듯 수시아가 온몸을 떨었다. 하지만 그녀는 움직이거나 몸부림을 치지 못했다. 이유는 간단했다. 시슬란이 그녀의 그림자를, 아니, 진혼을 완벽히 틀어쥐었기 때문이다.

"무, 무슨!"

위기를 느낀 수시아가 전력을 다해 능력을 개방했다. 하늘빛 머리칼이 거꾸로 곤두서고, 주변의 공기마저 싸늘하게 얼어붙었다. 삽시간에 우박이 날리고 냉기의 결정이 미친 듯이 허공을 찢어발긴다.

하지만 그것은 그저 헛된 발악에 불과했다.

적어도, 시슬란이 느끼기에는 그랬다.

그는 그저 아침 식탁에서 신선한 양상추 잎 한 장을 꺾는 여상한 기분으로 수시아의 진혼 한쪽을 꺾었다.

와드득!

그녀의 가느다란 다리가 부러졌다.

"……!"

생전 처음 당해 본 고통에 수시아가 입을 딱 벌렸다. 하지만 그녀는 비명을 지르거나 하지는 않았다. 비명은, 그런 것 따위는 약자들이나 내지르는 것이다.

그녀는 오히려 독기를 풀풀 뿌려 냈다.

"끼야아아악!"

독기 어린 외침과 함께 얼어붙은 지면 전체가 빙산으로 변해 시슬란을 덮쳐 갔다. 피하지 않는다면 거대한 빙산에 짓눌려 시체조차 온전히 남기지 못할 판이었다.

하지만.

따랑.

종이 부딪는 듯한 청명한 소리와 함께 그를 덮쳐 가던 빙산이 우뚝 멈추었다. 그리고 다음 순간, 지우개로 지워 버린 듯 수없이 작은 얼음 알갱이로 흩어져 그대로 사라져 버렸다.

"뭐, 뭐야, 대체!"

수시아는 경악하면서도 재빨리 몸을 빼냈다. 시슬란이 빙산을 지우느라 그녀의 진혼에 대한 지배력을 아주 잠깐 잃은 덕분이었다.

시슬란의 마수(?)에서 벗어난 수시아는 믿어지지 않는 눈길로 자신의 부러진 다리를 내려다보았다. 그리고 여전히 냉기의 창에 가슴이 꿰뚫려 시체처럼 보이는 시슬란을 관찰했다.

"……."

아무리 봐도 살아 있는 것으로는 보이지 않는다.

그런데 이런 위용이라니.

으득!

그녀는 혼란스러움을 느꼈다.

'이런 상황은, 예지에 없었어!'

샨 대제에게 그림자의 힘이, 광마대제에게 태양의 힘이 있었다면 그녀가 지닌 힘은 예지력이었다. 그만큼 그녀의 예지 능력은 절대적인 범주의 것이었다.

그 머나먼 옛날, 부활의 사도를 만들었던 날부터 지금까지 그녀의 예지가 벗어난 적은 한 번도 없었다. 당연히 지금까지의 상황을 만들어 오면서 실패라는 것도 겪지 않았던 그녀였다.

아니, 딱 한 번 있기는 했다.

'샨, 역시 당신이란 말인가? 그때처럼 또 내 계획을 어그러지게 하려고?'

수시아의 얼굴이 일그러졌다.

그녀는 자신의 상태가 불리함을 깨달았다.

이대로 버티다간 무슨 꼴을 당하게 될지 또한.

"흥, 그럼 다음에 보도록 하지."

미련을 접은 그녀는 시슬란이 또다시 자신을 구속할세라

재빨리 모습을 감추었다.

촤르르르……

그녀의 모습은 냉기로 화해 공중으로 흩어졌다.

바람이 불었다.

이제 불어오는 바람에서 더는 냉기가 느껴지지 않았다.

그때까지도 시슬란은 여전히 냉기의 창에 꿰인 채로 우두커니 서 있었다.

이미 그는 기력이 다했다. 그래서 쓰러지지도 못한 채 냉기의 창에 의지하듯 얼음 동상처럼 서 있어야 했다.

그때, 시슬란을 향해 커다란 덩치가 서서히 다가섰다.

—크으으……

비틀거리며 걸어오는 실루엣은 분명 광마대제의 것이었다.


## 2


그동안에도 황도의 성벽을 둘러싼 전투는 계속되고 있었다.

아니, 그사이 전황이 미묘하게 바뀌었다.

방금까지 적이었던 상대와 아군이었던 상대가 한순간에

바꾸어 버렸기 때문이다.

특히 성벽을 지키던 인간 병사들의 입장에선 그러했다.

"성스러운 정화의 불꽃이여, 강림하라. 루하란!"

쏴아아아…… 화르륵!

교황의 외침과 함께 새하얀 빛이 강림하며 그가 가리키는 지역 일대를 끔찍한 열기로 불태웠다. 그런데 그 불꽃에 갇혀 비명을 지르며 죽는 건 광마병이 아닌, 성벽을 지키던 병사들이었다.

"으, 으아아아아악!"

"살려 줘어억!"

"어머니!"

"끄하하으학!"

병사들이 끔찍한 죽음을 당하는데도 교황은 눈 하나 깜짝하지 않았다. 아니, 오히려 씨익 웃으며 다음 주문을 준비했다.

그런 교황의 이마에는 머리 셋 달린 뱀의 문양이 피처럼 선명하게 떠올라 있었다.

부활의 사도의 문양이 몸에 떠오른 사람은 비단 교황만이 아니었다. 그를 따르던 추기경들도 그러했다.

"사도의 이름으로! 주살하라!"

"정의의 심판이여! 강림!"

콰아아앙!

부활의 사도로서의 마각을 드러낸 교황과 추기경들의 엄
청난 위력 앞에 성벽이 시시각각 붕괴되었다. 게다가 광마병
들도 똑같이 부활의 사도의 개가 되어 성벽을 공격했다.

반면, 아까까지만 해도 광마병과 더불어 성벽을 공격하던
108 대리석상 전사들은 입장이 애매해지고 말았다. 갑자기
광마병이 배신하여 자신들을 자폭으로 공격하니 대체 누가
아군이고 적군인지 판단하기가 어려웠다.

—니미, 상황이 어떻게 돌아가는 거야?

—광마병, 이것들이 돌았나!

—다 쓸어버려!

콰앙! 콰아앙!

완전히 파괴되거나 심대한 타격을 입어 전투가 불가능해
진 전사가 약 스물. 나머지 88명의 대리석상 전사들은 이전
보다 더욱 미친 듯이 날뛰며 자신들을 제외한 주변의 모든
대상을 공격했다.

하지만 시간이 지나면서 그런 상황도 조금씩 바뀌었다.

성벽을 지키는 인간 병사들과 교황—광마병 연합의 힘의
차이 때문이었다.

부활의 사도의 일원으로 마각을 드러낸 교황, 그리고 광
마병들의 막강한 전투 능력에 비해 성벽을 지키는 인간 병사

들의 위력은 눈물이 날 정도로 초라했다.

물론 제피 등의 가디언이 분전하고 있었지만 그건 어디까지나 제한적인 힘이었다.

제피의 경우엔 변신 시간에 제한이 있었고, 베르디스는 육지인 이곳에 올 수가 없었으며, 그나마 전투에 참여하고 있는 아시우트나 아쿠아로스, 밀라스의 경우에도 전장 전체에 영향력을 줄 위력까지는 없었다.

그렇기에 성벽을 수비하는 제국군은 88 전사 일행에게 전혀 위협이 되지 않았다.

그렇다 보니 88 전사들은 시간이 갈수록 제국군 병사들에겐 신경을 덜 쓰게 되었다. 나중엔 경계도 거의 풀어 버렸다.

대신 교황과 광마병 무리에게 전력으로 반격했다.

그때부터 상황이 미묘하게 변했다.

제국군 병사들도 88 전사들이 자신들을 공격하지 않는다는 걸 알게 되고부턴 자연스럽게 교황과 광마병 무리에게만 저항했다.

그렇게 조금씩 88 전사들과 제국군 병사들의 보이지 않는 암묵적인 동맹이 맺어졌다.

적의 적은 아군이라는 옛말이 틀리지 않은 셈이었다.

—저 병사 놈들, 약한 주제에 제법 열심히 싸우는데?

—왜, 마음에 드냐?

—당연하지! 적어도 깃발 바꾸고 뒤통수나 치는 저 교황
이란 놈과 광마병 놈들보다는!

"막아라! 지켜라!"

88 전사들과 제국 병사들이 합심하여 버티자 그때부터는
교황과 광마병 무리도 이전보다 압도적으로 전황을 이끌지
는 못하게 되었다.

그렇게 치열한 대치가 한참 이어질 무렵이었다.

촤르르르르……!

성벽 인근의 허공에 냉기가 맺히는가 싶더니, 그 안에서
하늘색 머리칼의 여인이 절뚝거리며 모습을 드러냈다.

수시아였다.

"아니, 대체 어쩌시다가……?"

그녀의 낭패한 모습을 본 교황이 대경실색했다.

수시아가 이를 갈았다.

"깊이 알 것까진 없다. 퇴각한다."

촤르르륵!

그녀는 그 말만 남기고 다시 냉기의 통로 속으로 모습을
감추었다.

교황이 추기경들을 돌아보았다.

"다들 퇴각하시게."

"알겠습니다."

추기경들의 지휘 아래 광마병 군단이 일사불란하게 물러 났다. 처음 황도로 몰려올 때보다 규모는 절반 가까이 줄었 지만, 그래도 여전히 위용을 자랑하는 광마병 군단이었다.

　그렇게 기나긴 황도 방어전이 끝났다.

## 3

　―걱정 마라. 내게 이놈을 살릴 방법이 있다.

　묵묵히 있던 광마대제가 입을 연 것은 일행이 통곡의 바 다에 빠져 허우적거리고 있을 무렵이었다. 하지만 그의 말에 도 아리안, 야니카, 제피를 비롯한 가디언들, 바실이, 블랙비 어드 선장 등의 통곡은 그칠 줄을 몰랐다.

　"주군……."

　그중에서도 특히 아리안의 슬픔이 컸다.

　그는 하염없이 흐르는 눈물을 닦지도 못한 채 아직도 쓰 러지지 못하고 서 있는 시슬란을 바라보았다.

　시슬란을 얼음 동상으로 만들어 버린 것은 다름 아닌 그 의 가슴에 꽂힌 냉기의 창이었다. 그 때문에 그는 숨을 거둔 지금까지도 쓰러지지 못하고 수시아에게 대적하던 의연한 모습을 그대로 간직하고 있었다.

그 모습이 마치 아직도 살아 있는 것만 같았다.

"크흐흑!"

"으듀……"

천생 무인인 아리안도, 중상을 입었다가 겨우 정신을 차린 야니카도, 한낱 어린 짐승인 바실이도 얼굴을 일그러뜨리며 눈물을 참았다.

광마대제의 인상이 팍 찌푸려졌다.

―아니, 이것들이 내 말을 씹어? 엉?

아리안이 대답했다.

"안 듣는 게 아니라 믿지 못하는 겁니다."

―뭐? 날 못 믿어? 왜?

"당신 같으면 믿을 수 있겠습니까? 지금 누구 때문에 상황이 이렇게 된 건지 모릅니까?"

광마대제를 노려보는 아리안의 눈동자는 살벌하다 못해 퍼렇게 보일 지경이었다. 지금 당장에라도 자신의 목숨을 도외시하고 그에게 달려들 기세였다.

광마대제가 떨떠름한 얼굴로 말했다.

―변명 따윈 할 생각 없다. 그냥 묻지. 이놈 죽일래, 살릴래?

시슬란을 가리키는 광마대제 앞에서 일행은 침묵했다. 그러나 모두의 눈동자는 흔들리고 있었다.

이미 죽은 시슬란이었다.

그런데 광마대제는 그걸 살려 낼 수 있다고 말하고 있었다.

그때였다.

"방법이 있다면 살려야 해요. 반드시!"

야니카였다. 그녀는 이글거리는 눈동자로 광마대제를 올려다보았다.

"저도 찬성입니다."

제피가 결연한 표정으로 말했다.

"으듀!"

이어서 바실이가, 아시우트가, 아쿠아로스가, 밀라스가, 블랙비어드 선장이 차례로 고개를 끄덕였다.

그때까지도 아리안은 굳어진 표정을 풀지 않고 혼란스러운 눈빛으로 시슬란과 광마대제를 번갈아 보고 있었다.

아리안이 물었다.

"그럼…… 확실한 겁니까? 살릴 수 있다는 거."

―아니, 확실하진 않지.

광마대제가 한쪽 입술을 말아 올렸다.

―가능성이 있다는 거지, 무조건 성공한다는 말은 안 했다.

"시간은…… 많이 걸립니까?"

―나도 정확히는 모르지만 대강 1년쯤?

"1년이나…… 말입니까?"

―야, 인마. 뒈진 놈 살려 내기가 쉬운 줄 아냐?

광마대제가 오른손으로 자신의 사라진 왼쪽 팔이 있던 자리를 매만지며 말했다.

―생각 같아선 확 잡아먹고 싶지만, 신세를 져서 이러는 거다. 이런 건 안 갚으면 직성이 안 풀리거든. 알았냐? 알아먹었으면 내 기분 바뀌기 전에 정해.

"……"

아리안은 입술을 깨물며 모두를 돌아보았다. 그리고 광마대제를 향해 고개를 끄덕였다.

"알겠……습니다."

―잘 생각했다.

광마대제가 시슬란을 어깨에 턱 걸쳤다. 그리고 벌쭉 웃으며 일행을 돌아보았다.

―1년만 어디서 숨죽이며 기다려라. 혹여 그동안 다 뒈져서 자빠지진 말고. 아, 이놈들 붙여 줄 테니까 많이 써먹어라. 호위로는 그만일 거다.

광마대제가 발로 88명의 대리석 전사들의 궁둥짝을 툭툭 차서 일행들 앞으로 밀어냈다.

전사들이 깜짝 놀라 광마대제를 쳐다보았다.

—대장! 우릴 버리시는 겁니까요?

—아니, 이거 너무합니다! 으아아아!

전사들이 그렇게 외쳤지만 뻔뻔한 광마대제는 남은 한 손으로 눈곱만 후비적거릴 뿐이었다.

—그럼 내년에 보자, 이것들아.

광마대제는 그 말만 남기고서 시슬란을 데리고 평원으로 달려갔다. 둘의 모습은 순식간에 점이 되었다.

그동안 모두는 애타는, 혹은 간절한 시선으로 멀어지는 광마대제와 시슬란을 바라보았다.


이후 일행은 엉망이 된 황도를 수습했다.

하지만 한 달도 지나지 않아 다시 교황과 광마병 군단이 황도를 공격했다. 게다가 이번엔 황도만이 아닌, 솔라리스 곳곳의 거의 모든 성과 도시가 공격을 받았다.

시슬란이 없는 가운데 모두는 필사적으로 항전했지만 역부족이었다.

황도가 함락되었다.

그나마 88명의 대리석 전사들과 가디언들이 힘을 합친 덕분에 더 이상의 피해 없이 허브 항구를 통해 오아시스의 도시 마테온으로 모두가 피신할 수 있었다.

이윽고 다른 지방에서도 속속 피난민이 마테온으로 몰려

들기 시작했다.

평화롭던 오아시스의 도시는 점점 요새로 변모해 갔다.

광마병의 물결에 휩쓸린 자들의 최후의 피난처이자 유일하게 항거가 가능한 요새 도시였다.

그 뒤는 처절한 항전의 나날이었다.

그나마 다행한 일은, 광마병 군단이 무수하게 마테온을 침공하는 와중에도 교황과 추기경들만 보일 뿐 수시아는 한 번도 모습을 보이지 않았다.

아무도 그 이유는 몰랐지만, 어쨌거나 마테온의 입장에서는 실로 다행한 일이었다. 만약 수시아가 직접 침공에 가담한다면 마테온의 그 누구도 그녀를 막을 수 없을 것이기에……

그렇게 1년이 지났다.

마침내 마테온의 모두가 기다리던 날이 왔다.

바로 시슬란이 돌아오리라 약속했던 날이었다.

하지만 그는 돌아오지 않았다.

심지어 소식조차도 없었다.

다음 해에도, 그다음 해에도……

어느덧 시슬란이라는 이름은 모두의 기대와 희망, 그리고 실망과 체념 속에서 서서히 희미해져 갔다. 오직 그와 함께 시간을 보냈던 몇몇 인물들만이 계속해서 그를 기억하고, 또

기다릴 뿐이었다.

다시 1년, 또다시 1년…….

어느덧 세월은 흐르고 흘러 시슬란이 죽은 날로부터 6년
이란 시간이 지났다.

그때까지도 살아남은 인류는 여전히 혹독한 생존의 투쟁
을 벌이고 있었다.

그러던 어느 날이었다.

솔라리스 대륙 서부에 수상한 방랑자가 모습을 드러냈다.

깊이 눌러쓴 후드와 그림자가 깃든 망토로 전신을 가린
그의 눈동자는 특이하게도 주홍빛을 띠고 있었다.

12장.

시슬란의 귀환

## 1

"봤다! 난 봤어!"

그 남자는 광인이었다.

넝마에 가까운 옷차림, 얼마나 씻지 않았는지 떡이 진 머리칼은 뭉치고 꼬여 번들거리는 빛을 낼 지경. 남자는 연신 히죽히죽 웃으며 주변을 지나가는 사람들의 옷깃을 붙잡았다.

"헤헤, 맞다니까? 내가 바로 얼마 전에 봤다니까? 글쎄, 그 잘생긴 남자가 눈꼬리를 치켜뜨니까 사방에서 그림자가 제멋대로 일렁거리더라고! 그래서 그가 저 악마들을 다 내쫓았다고! 제발! 내 말 좀 들어 보란 말이야!"

하지만 아무도 그의 말에 귀 기울이지 않았다. 혹여 미친 사람에게 해코지라도 당할까 피하는 모습이었다.

그러자 남자는 악을 쓰고 고함을 지르며 난동을 부렸다. 도시라기보다는 요새에 가까운 마테온의 유일한 광장은 남자의 돌연한 난동에 어수선한 모습이 되었다.

즉각 경비대가 출동했다. 자신의 말을 믿어 달라며 난폭하게 날뛰던 남자는 경비대에 제압당해 꽁꽁 묶인 신세가 되었다.

"무슨 일인가?"

경비대장 야니카가 뒤늦게 연락을 받고 광장으로 나왔다. 점심을 먹다가 달려왔는지 그녀는 아직도 입안에 든 빵을 우물거리는 중이었다.

먼저 출동한 경비조장이 보고했다.

"최근에 구조된 사람이라고 합니다. 흉한 일을 겪으면서 그냥 살짝 미친 것 같습니다."

"미쳐?"

"네. 조금 안정시키면 괜찮아지겠지요."

"뭐라고 막 외치는 것 같던데?"

"그러고 보니 고함을 많이 지른 것 같기는 합니다만, 뭐 이런 자들이 하는 헛소리가 다 거기서 거기지요. 대장님께서 신경 쓰실 내용은 아닙니다."

"그런가……."

사실 야니카는 남자의 외침을 얼핏 듣긴 했다.

'설마 그분이……?'

하지만 그녀는 이내 속으로 고개를 저었다.

그가 다시 살아났다면 여기 마테온으로 올 것이다.

새삼 그리움을 느꼈다. 그녀는 아직 시슬란이 돌아올 거라는 믿음을 접지 않은 몇 안 되는 사람 중의 하나였다.

한편, 미치광이 남자를 대하는 경비조장의 말투나 태도는 여상했다. 이런 일을 몇 번째 겪어 본 듯한 태도였다. 그는 입이 막혀 읍읍거리는 미친 남자를 안쓰럽다는 듯 바라봤다.

바깥세상에서 매일 목숨의 위협을 겪으며 하루하루를 연명하다가 처음 마테온의 품으로 들어온 자들은 아주 가끔 이런 경우가 있었다.

몸과 마음의 긴장이 일시에 풀리고 생존의 위협에서 벗어나게 되면, 그간 쌓였던 압박감이 한꺼번에 터져 나온다. 그러면 일시적으로 사람이 미치는 경우가 있었다.

경비조장은 이번 일도 그렇게 보고 있었다.

"흠, 안정될 때까지 보호 조치를 하도록."

"네."

경비대는 묶인 남자를 호송했다. 상태가 호전될 때까지 보살펴 주려는 의도였다. 아마 남자가 제정신을 차리면 그는 경비대로부터 둘 중의 하나를 선택하라는 권유를 받게 될 것이다.

경비대에 자원하든가, 아니면 수비대에 자원하든가.

그것이 마테온의 남자들이 의무적으로 행해야 하는 병역의 의무였다.

이곳은 1년 내내 방어전을 치르고 있는 요새였다. 성문조차 없는 성벽 바깥에는 지금도 인간의 씨를 말리려는 광마병들이 대기하고 있었다.

이런 환경에서는 특별히 머리가 뛰어난 인재가 아닌 이상 무조건 창과 방패를 들어야 한다.

그것엔 여자라도 예외가 없다.

유일한 예외라고는 나이뿐.

45세가 넘은 사람만이 병역의 의무를 마치고 마테온 지하의 노움 농장에서 식량 생산에 종사한다. 전체의 생존을 위한 불가피한 선택이었다.

'아니, 극소수지만 한 가지가 더 있긴 하지.'

야니카는 경비대에게 끌려 멀어지는 남자의 뒷모습을 보며 씹던 빵을 삼켰다. 저 남자가 제3의 그 길을 선택할 일은 아마도 없을 것이라고 생각하며.

'녀석은 무사하려나.'

문득 그녀는 자신이 싸우는 법을 가르친 소년을 생각했

다. 어리석게도 제3의 길을 선택해 버린 못된 제자였다.


## 2


"어억!"

어느덧 18세가 된 소년, 이솔라는 잽싸게 몸을 숙였다. 방금까지 그의 머리가 있던 자리로 이글거리는 불덩이가 지나갔다.

광마병이 쏘아 낸 것이었다.

'저걸 맞았으면 끝이다, 끝.'

그 생각에 등줄기가 서늘해졌다.

"이 자식이!"

횡휘휭!

창을 재빨리 두 바퀴 돌린다.

최대한의 원심력이 창끝에 걸린다.

그 힘을 그대로 뒤집어 찌르기에 싣는다.

그에게 싸움을 가르친 스승 야니카가 전해 준 비장의 한 수였다. 원래는 대검으로 쓰던 그 수법을 이솔라는 자신의 창술에 맞게 변화시켰다.

그렇게 몇 년 전, 사막 도시 마테온에서 처음 시슬란을 만나고 구원받았던 소년은 어느덧 훌륭한 전사로 자라났다.

게다가 소년 전사에게는 또 다른 무기가 있었다.

"으듀듀!"

이솔라의 움직임에 맞춰 그를 태우고 있던 커다란 바실리스크, 바실이가 돌진했다. 원심력을 실은 창끝은 바실리스크의 돌격력에 힘입어 끔찍한 파괴력을 선사했다.

콰직!

"……카!"

광마병의 튼튼한 몸뚱이가 단숨에 꿰뚫렸다.

이솔라가 외쳤다.

"바실아, 지금!"

그가 외치는 순간, 바실이가 창에 꿰뚫린 가련한(?) 광마병을 물어서 갈기갈기 찢어 버렸다. 그리고 터지기 전에 재빨리 퉤, 하고 뱉었다.

바실이의 기준에서 광마병들은 씹는 맛은 있는데 저게 문제였다. 죽고 나면 터진다. 게다가 지금 죽은 놈은 광마병들 중에서도 특히나 불의 기운이 강한 플레이머(Flamer). 다른 놈들보다 폭발력이 더욱 강한 편이다.

콰아앙—!

폭발하는 광마병을 등 뒤로 두고 이솔라가 외쳤다.

"어서! 서두르세요!"

"미안! 먼저 간다! 무사해라!"

같은 구조대 소속의 병사들이 바실이와 이솔라의 엄호를 받으며 약 서른 명 정도 되는 피난민들을 데리고 뛰었다.

피난민들은 몇 년 동안 해안가 절벽에 몸을 숨긴 채 살아오다 발견된 사람들이었다.

이번 작전이 끝나고 무사히 마테온의 품에 안기면 저 피난민들도 언젠가 마테온의 창과 칼이 될 것이다. 이솔라는 그러길 바라며 일행의 가장 후미에 버티고 섰다.

"으캬릉……."

몸을 한껏 낮춘 바실이가 다가오는 광마병들을 노려보았다. 그 위에 탄 이솔라는 창을 고쳐 잡았다.

아직 베르디스호는 오지 않았다.

접선 시간이 조금 남았다.

그때까지 시간을 벌어야 한다. 그게 자신의 책무였다.

"야, 조금 많은 것 같은데."

이솔라와 함께 남은 구조대 병사 다섯 명이 불안하게 숙덕거렸다.

그들의 말이 맞았다.

이번에 냄새를 맡고 몰려온 광마병들의 숫자는 무려 50마리에 달했다. 게다가 모두가 불의 기운을 머금은 플레이머들이었다.

하지만 이솔라를 포함한 병사들은 누구 하나 물러서지 않았다. 오히려 욕설과 함께 스스로 전의를 북돋았다.

"젠장, 저 호모 놈들(단어의 뜻을 이용한 병사의 말장난. 불의 광마병을 가리키는 단어 'Flamer'는 남색을 즐기는 자를 비하하는 속어로 쓰이기도 한다.)을 깡그리 갈아 버리고 우리도 어서 여길 뜨자고."

"그래."

다들 검을 고쳐 잡았다.

그런 그들을 향해 플레이머들이 토한 불길이 쏟아졌다.

바실이가 마주 입을 벌렸다.

"끄듀!"

화아악!

바실이의 입에서 뿜어져 나온 독의 증기가 허공에 퍼졌다.

독기와 화염이 만난다.

불이 꺼지며 매캐한 연기가 폭발적으로 피어났다.

구조대의 병사들은 일당백의 베테랑. 그들은 서둘러 코와 입을 특수 처리된 복면으로 막았다. 그리고 자욱한 연기를 뚫고 달려가 광마병들의 허를 찔렀다.

이제 광마병은 그 옛날, 야니카가 처음 혼자서 셋을 상대하던 시절만큼 무섭도록 강력한 존재가 아니었다. 세월이 지나며 마테온의 병사들은 놈들에게도 약점이 있다는 사실을 알게 되었다.

특이하게도 놈들은 몸에 물이 묻으면 힘과 속도가 절반으로 뚝 떨어졌다.

촤아악!

한 사람이 물을 뿌리고, 나머지가 광마병들을 덮쳤다.

카앙! 채앵!

기습이 잘 먹혔는지 세 마리의 광마병을 처리할 수 있었다.

의외의 반격에 광마병들이 주춤한 틈을 타 이솔라가 외쳤다.

"타요!"

병사들은 주저 없이 바실이의 넓은 등에 올라탔다.

나머지 구조대를 먼저 보내고 남은 인원이 다섯 명인 데에는 이유가 있었다. 이솔라를 제외하고 바실이가 한 번에 태울 수 있는 사람의 숫자였다.

바실이는 당황한 광마병들을 굵은 꼬리로 후려치고는 그대로 내달렸다.

"으듀듀듀!"

파파파파파!

말과는 달리 상하좌우로 좀 심하게 흔들리기는 했지만 어쨌건 바실이는 빨랐다. 병사들은 떨어지지 않기 위해 녀석의 등에 난 돌기를 꽉 붙잡았다.

그때였다.

화아악!

병사들의 시야가 밝아진다고 느낀 순간, 화염 덩어리 하나가 바실이의 바로 옆에 떨어져 폭발했다.

콰앙—!

"듀!"

그 폭발력에 달리던 바실이의 몸이 뒤집혔다. 녀석은 넘어지기 직전에 간신히 균형을 찾았다. 하지만 등에 타고 있던 이들은 그러지 못했다.

"아악!"

"크어엇!"

이솔라와 병사들은 땅에 나뒹굴었다.

바실이는 조금 더 달려가서야 자신의 등이 허전함을 깨닫고 걸음을 멈추었다.

"으듀?"

뒤를 돌아보았다. 땅에 쓰러져 비틀거리는 이솔라와 다른 친구들이 보였다. 바실이의 눈이 휘둥그레졌다.

"듀우우우!"

바실이는 최대한의 속도로 이솔라와 병사들에게 돌아갔다. 하지만 광마병들이 조금 더 빨랐다.

화아악!

놈들이 토해 낸 불길이 바실이의 앞을 가로막았다.

바실이는 반사적으로 독의 안개를 내뿜었다. 독과 불길이 얽히며 서로를 잡아먹었다.

연기가 자욱하게 피어나 시야를 가렸다.

잠시 주저하던 바실이는 연기를 뚫고 이솔라가 쓰러져 있던 곳으로 내달렸다.

그러나 아무도 없었다.

"듀?"

당황한 바실이가 사방을 두리번거렸지만 이미 이솔라도, 병사들도, 광마병들도 보이지 않았다. 남은 것은 병사들이 놓친 주인 잃은 방패와 검뿐이었다.

억장이 무너지는 심정이었다.

바실이는 그래도 포기하지 않았다. 필사적으로 냄새를 킁킁 맡으며 이솔라의 흔적을 탐색했다. 그러다가 간신히 찾아냈다.

"듀!"

녀석이 반색하여 고개를 쳐들었다.

이솔라와 병사들의 냄새가 이어지는 쪽으로 광마병들의 발자국이 찍혀 있었다.

그 속에 피 냄새는 느껴지지 않았다. 죽은 사람 특유의 시체 냄새도 없었다. 바실이는 본능적으로 이솔라가 아직 살아 있음을 알았다.

"크릉!"

살아 있다면, 구하면 되리라.

녀석은 눈을 빛내며 발자국을 추적하기 시작했다.

그러다가 문득, 녀석이 돌연 걸음을 멈추었다.

"듀우우?"

바실이는 깜짝 놀라고 말았다.

설마 싶은 생각이 들었다.

아주 잠깐이었지만, 근처에서 6년 만에 그리운 냄새를 맡은 까닭이었다.

바로 언제나 안주머니 속에서 맡던 냄새.

시슬란의 냄새였다.

바실이는 그 냄새가 나는 곳으로 달려갔다.

풀밭 한가운데, 누가 먹다 버린 당근 조각이 있었다. 버린 지 며칠은 지났는지 상하고 반쯤 썩어 있었지만 그래도 그 사이로 나는 냄새는 분명 시슬란의 냄새였다.

그럼, 이 냄새를 추적할까?

바실이는 심각하게 고민했다. 그러다가 이내 고개를 내저었다.

"듀…… 으듀듀듀!"

일단은 이솔라를 살리는 일이 급했다.

그렇게 마음먹은 바실이는 계속해서 이솔라의 냄새를 추적하여 움직이기 시작했다.

그럼에도 녀석의 걸음은 이전보다 아주 조금 굼떴다.

그리고 때때로, 당근을 발견했던 자리를 물끄러미 돌아보다가 다시 고개를 내젓기도 했다.

녀석은 자신에게 속삭였다.

착각이었을 거라고.

잘못 맡은 냄새였을 거라고.

우리 주인님은 저렇게 당근을 많이 남기지 않는다고.

그렇게 바실이는 열심히 다리를 놀리며 멀어졌다.


## 3


그가 눈을 뜬 것은 며칠 전의 일이었다.

그곳은 황량한 평원이었다.

'여긴 어딜까.'

그런 생각이 가장 먼저 들었다.

눈살을 찌푸리며 주변을 살폈다. 하지만 보이는 것이라곤 온통 초록빛과 갈색이 드문드문 섞인 초지뿐, 그가 이곳의 위치를 짐작할 어떤 인공적인 건축물도 보이지 않는 장소였다.

'대체 무슨 일이 벌어진 거지?'

그제야 시슬란은 자신의 복장이 바뀌었다는 사실을 알았다. 원래 그는 항상 애용하던 베스트와 쥐스토코르 코트를 입고 있었다. 비록 황도 방어전을 치르며 곳곳이 찢어진 상태였긴 했지만 말이다.

그런데 옷이 바뀌었다. 어느새 그는 온통 시커먼 망토로 전신을 가리고 있었다. 얼굴 또한 마찬가지였다. 망토에 달린 풍성한 후드를 코 아래까지 눌러쓴 그의 모습은 마치 방랑하는 수도자 같은 모습이었다.

"……."

시슬란은 무심결에 자신의 가슴 정중앙을 매만졌다.

옷이 사라진 것뿐만이 아니다.

상처도 사라졌다.

그는 분명 기억하고 있었다. 수시아의 냉기의 창이 자신의 가슴을 꿰뚫었었다. 그리고 그 탓에 그는 죽음의 구렁텅이로 떨어지고 있었다.

하지만 이제 와서 보니 상처가 사라졌다. 장소도 바뀌었다. 수시아도, 야니카도, 아리안도, 아무도 보이지 않았다.

그는 평원 한가운데 홀로 서 있었던 것이다.

'왜?'

그사이에 무슨 일이 벌어진 것일까.

그는 평원 저 너머로 떨어지는 석양을 바라보며 심각하게 고민했다. 방금까지만 해도 죽음을 앞에 두고 수시아와 일전을 벌이고 있었던 자신에게 대체 무슨 일이 벌어진 건지 이해가 가지 않았다.

그래도 한참을 고민하자 어렴풋한 기억의 단편들도 조금씩 떠올랐다.

"나는…… 잠을 잤던 건가?"

명확하지는 않지만 그런 것도 같았다. 그러고 보니 꿈속에서 본 듯이 드문드문 끊어진 기억들도 있었다.

얼음 기둥 속에 갇힌 채 서 있는 자신을 보며 울고 있는 아리안, 제피, 야니카…… 그리고 사람들.

그리고 자신을 광마대제가 둘러메고 어딘가로 달렸다.

그 뒤는 어둠.

몽롱한 꿈의 연속.

그 이후로도 드문드문 광마대제의 모습을 보기도 했다. 분명 기억났다. 그때 그가 중얼거리곤 했던 말.


—너, 다 나으면 나한테 절해야 돼, 이 자식아.

그리곤 다시 꿈.

기나긴 꿈.

마지막으로 떠오른 장면은 역시나 광마대제였다. 멋쩍게
뒤통수를 긁던 그.


　—미안, 1년 정도 걸릴 줄 알았는데 시간 계산을 잘못
했네. 와하하! 일단 내가 아무 데나 날려 보내 줄 테니 알
아서 친구들 좀 찾아봐라. 그러다가 운 좋으면 만나는 거
지, 뭐. 어쨌건 난 네놈 때문에 피곤해서 좀 퍼질러 자다
가 가련다. 잘 가라.


그리고 휭, 퍽.

그렇게 그는 눈을 떴던 것이다.

"후우."

절로 한숨이 나온다.

그냥 꿈인 줄 알았는데 아무래도 그게 꿈이 아닌 것 같다.

수시아와 생사를 다투던 황도 인근과 너무나 동떨어진 주
변의 풍경, 그리고 다 나은 자신의 상처를 보니 그런 추측은
어느새 확신으로 변했다.

'대체 시간이 얼마나 지난 거야?'

그는 무책임한 광마대제를 향해 자신이 아는 몇 마디 험

담을 퍼부은 뒤 주변을 둘러보았다. 일단은 여기가 어디인지, 동료들이 어디에 있는지부터 알아야 했다.

하지만 주변에 보이는 것이라곤 오로지 드넓은 초지와 드문드문 보이는 갈대, 바위뿐. 도시나 마을, 하다못해 지나가는 사람조차도 보이지 않았다.

그는 잠시 고민했다.

어느 방향으로 갈까.

그러다 보니 그는 점점 자신이 어디로 갈 것인지를 고민하는 것이 아니라, 어떻게 하면 그리운 이들을 찾을 수 있을까를 고민하고 있다는 사실을 자각했다.

'다들…… 잘 있을까?'

그 싸움 이후로 모두가 무사한지, 어떤지도 알 길이 없었다. 그래서 더욱 보고 싶고, 그리웠다.

그러다 보니 문득, 그는 출출함을 느꼈다.

혹시나 싶어 품속을 뒤지던 그는 이내 피식 웃고 말았다. 당근이 하나 들어 있었던 까닭이다.

아마도 길 가다가 먹으라고 광마대제가 넣어 준 것 같았다. 광마대제와 당근, 그 어울리지 않음에 절로 웃음이 나왔다.

"그래도 고맙군."

하지만 아삭하고 당근을 베어 물던 시슬란은 이내 인상을 팍 찌푸려야 했다.

"⋯⋯상했잖아."

괜히 입맛만 버린 그는 그림자를 일으켰다.

샤아아아아⋯⋯.

시슬란이 그림자에 몸을 실었다. 그는 한 방향으로 쏘아지듯 날아갔다.

그렇게 그가 떠난 자리엔 한 입 먹다가 버린 당근만이 남았다.

〈다음 권에 계속〉

# 마법군주

## 인 칼리스타

**발렌 판타지 장편소설**

FANTASY STORY & ADVENTURE

*In Kallista*

『리턴』, 『얼음군주』의 작가 발렌
자유롭고 유쾌한 상상력이 돋보이는 판타지 장편소설.

미천한 하인에게 죽음과 함께 찾아온 영혼의 부활.
적처럼 뒤바뀐 한 남자의 운명이 대륙의 역사를 새로 쓴다!

귀족의 폭정에 고통 받는 모든 이들을 구하기 위해
칼리스타 백작, 마침내 그의 의지가 세상을 변혁시킨다!

dream
books
드림북스

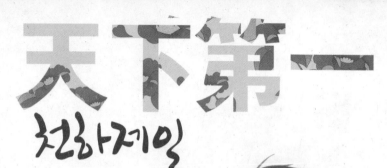

# 天下第一
## 천하제일

ORIENTAL FANTASY STORY & ADVENTURE

장영훈 신무협 장편소설

완전판으로 돌아온 NAVER 웹소
무협 부문 최고의 인기

1년 후 강호가 멸망한
그것을 막을 자는 인시에 태어난 이화운
그를 찾아 위기에 빠진 강호를 구하

미모와 실력을 겸비한 여인 설수린, 수수께끼의 사내 이화
예견된 운명을 뒤집으려는 그들의 파란만장한 여정이 시작된

dream
books
드림북스

S

hapiro

『규토대제』, 『흡혈왕 바하문트』의 베스트 작가!
# 쥬논 판타지 장편소설

샤
피
로

쥬논 판타지 장편소설

FANTASY STORY & ADVENTURE

# 불사의 비밀을 좇는
# 샤피로의 처절한 싸움이 시작된다!

잃어버린 기억을 찾아,
자신의 광기어린 복수를 이루기 위해!
매일 밤 사내는 흑고양이의 심장을 가진 샤피로가 되어
죽음과 환상의 경계를 넘나든다.

dream books
드림북스

천마본기

『태극신무』, 『무쌍록』, 『절세무혼』
사도연이 선보이는 또 한 편의 거침없는 무협!

마(魔)로서 처음으로 하늘이 된 자.
세인들은 그를 천마(天魔)라 불렀다.

dream
books
드림북스